西行の時代

崇徳院・源義経・奥州藤原氏～滅びし者へ

堀江朋子

論創社

西行の時代——崇徳院・源義経・奥州藤原氏～滅びし者へ　目次

第五章　平家一族の栄華　104

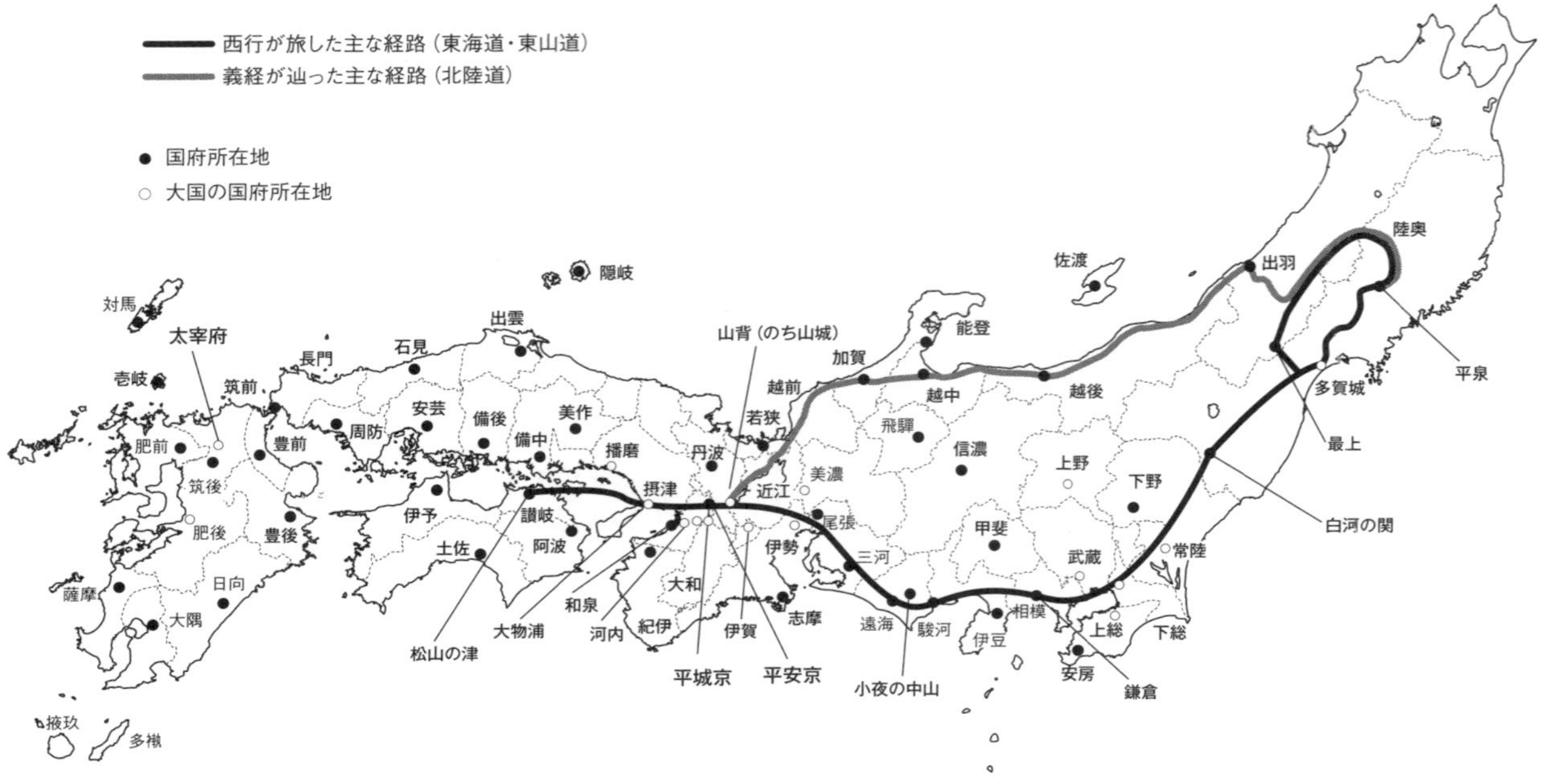
西行が旅した主な経路（東海道・東山道）
義経が辿った主な経路（北陸道）
国府所在地
大国の国府所在地
陸奥
出羽
平泉
多賀城
最上
白河の関
佐渡
能登
越後
越中
加賀
越前
若狭
山背（のち山城）
飛驒
信濃
上野
下野
常陸
下総
上総
武蔵
甲斐
美濃
近江
尾張
三河
遠海
駿河
伊豆
相模
安房
鎌倉
小夜の中山
伊勢
志摩
伊賀
平安京
平城京
大和
紀伊
河内
和泉
大物浦
松山の津
丹波
摂津
播磨
美作
備中
備後
安芸
出雲
石見
隠岐
周防
長門
讃岐
阿波
伊予
土佐
筑前
豊前
豊後
筑後
肥前
肥後
日向
大隅
薩摩
太宰府
壱岐
対馬
掖玖
多褹

序章　佐藤義清

佐藤義清《さとうのりきよ》（後の西行）は、鳥羽天皇の御世の元永元（一一一八）年に、紀伊国那賀郡田中《たなかの》荘《しょう》で生まれた。

同じ年の生まれに、後に北面の武士として共に鳥羽天皇に仕える平清盛がいた。

父佐藤左衛門尉《さえもんのじょう》康清は、田中荘の在地領主で、都では検非違使庁《けびいしちょう》に出仕していた。検非違使庁は、京都の治安維持と民政を管理する役所である。母は監物《けんもつ》源清経の娘。源清経は、中務省《なかつかさのしょう》で、大蔵、内蔵の出納、物品管理に携わった官吏であった。

佐藤家は、平将門の乱を平定した藤原秀郷を祖とする。秀郷の子千晴の家系が奥州藤原氏となり、千常の家系が紀州佐藤家や東北、坂東の佐藤氏となった。紀州佐藤家の四代目が佐藤義清である。

田中荘は、もともと、藤原秀郷相伝の土地で私領だったが、摂関家の荘園となり、今は徳大寺家の荘園となっている。徳大寺家は、摂関家に次ぐ家格を持つ家柄だった。紀ノ川の中ほど、北岸に拡がる広い豊かな土地で、田中荘の財政は豊かだった。紀ノ川の南岸荒川荘は、鳥羽天皇の領地であった。鳥羽天皇が崩御すると、寵妃美福門院の所領となった。

田中荘佐藤館《やかた》の時間は、権謀術数が渦巻く朝廷と違って、穏やかに静かに流れていった。義清は紀ノ川のほとりの自然の中、大らかな人柄の両親の情愛に恵まれ、のびのびと自由に育った。

幼い頃から、馬も蹴鞠も弓も師範についてたゆむことなく精進した。蹴鞠も上手だったが、乗馬を好んだ。その中でも流鏑馬《やぶさめ》は、二歳年上の従兄佐藤憲康《のりやす》と疲れ果てるまで技を競い合った。憲康の父は、義清の父と同じ検非違使庁に出仕していた。

義清は、生まれつき身体が大きくがっちりしていたが、弓や蹴鞠、馬術の精進のおかげで、年齢よりはるかに大きく逞しかった。鼻筋の通った爽やかな顔立ちは母桂の前に似ている。桂の前は今様の名手乙前《おとまえ》の弟子で、舞も歌も人並み外れて上手かった。その血筋か義清は学問にも優れていたが、音楽の道にも造詣が深い。義清の吹く竜笛は人々の心を捉え、美しい立ち姿の舞は、女たちを魅了した。

そんな日々とは別に、義清の心はいつも陸奥《みちのく》の空へと飛んで行った。

古来歌枕となり、歌人たちが憧れた道の奥、陸奥。万葉仮名では、道は「美知《みち》」である。「美知」、すなわち美しい知。みちのくは「美しい知の奥」。そこには何があるのか。

また、奥州藤原氏は縁戚であると聞かされていた。父はいつも義清にこう話した。

「朝廷から派遣されて陸奥国亘理郡《わたりぐん》郡司になった藤原経清《つねきよ》は、秀郷将軍の六代後裔だ。河内源氏源頼義が滅ぼした安倍氏の娘を娶って、その間に清衡が生まれた。その方が、奥州藤原氏の祖となった人物だ」

「河内源氏は、陸奥を手に入れたかったのだが、結局秀郷将軍の末裔である清衡殿が、奥州藤原氏として平泉を開府した」

「平泉をあだやおろそかにしてはならない」

父の話は、幼い義清の心に深く刻まれた。

長じて出家し西行となっても、安倍氏を滅ぼした河内源氏に心を寄せることができなかったのは、そのせいかも知れない。

父康清が、検非違使庁に出仕する時に逗留する京三条の屋敷には、艶やかな毛並の黒駒が飼われていた。この馬は憲康と並ぶ義清の良き友だ。藤原清衡から佐藤家に送られてきた馬である。馬への愛着は、駿馬の産地陸奥への限りない憧憬となり、美しい知の奥、陸奥への夢は果てしなく拡がっていった。だが、ある日、敬愛する従兄憲康から陸奥の現実を聞かされた。

弓の腕を競った後、義清と憲康は叢に寝ころび、幾重にも続く山々の稜線の向こうを眺めていた。果てしなく拡がる空の遠くに、美知の国がある。義清がふと言った。

「陸奥へは、どうしても行ってみたいと思う。奥州藤原氏は縁戚だといつも父に聞かされている。澄んだ碧い空、緑豊かな山々、清らかな水の流れ。昔から水陸万頃《すいりくばんけい》の地といわれている広大な自然のもとで、駿馬を走らせてみたい」

「ああ、一度行ってみたらいい。だが、そこに住む人たちの現実は、そんな夢みたいなことばかりじゃないからな」大人びた顔で、憲康は答えた。

「どういうことだ」

「現地の領主はみな、朝廷から派遣される国司の苛政に苦しんでいる。国司は、すきあらば国衙領を広げようとしている。摂関家も荘園を広げたい。中小領主は、いつ自分の土地が召し上げられるか侵略されるか、心配でならない。飢饉も頻繁に起こり、重い貢租に喘いでいる。領地争いも頻繁だ。そのうち、東国で叛乱が起きるかもしれない」

義清が思ってもみなかったことだ。何故そんな話をするのか。憲康が急に遠い存在に思えた。
十六歳になり、義清は徳大寺家に仕えた。

第一章　動乱の世——摂関政治への挽歌

白河院政と堀河天皇

時は平安時代後期、義清の誕生から三十年ほど前に遡る。陸奥では、後三年合戦を経て、平泉政府が確立されつつあり、朝廷では、白河上皇の院政が始まろうとしていた。

白河天皇は、父後三条天皇の遺言に背いて、異母弟で、英明の誉れ高い三宮輔仁親王《すけひとしんのう》を失脚させ、実子善仁《たるひと》親王に譲位した。応徳三（一〇八六）年のことである。

こうして、第七十三代堀河天皇が誕生した。新帝は八歳であった。太上天皇となった白河上皇は、幼い天皇を後見し、院政が開始されたが、その専制ぶりは目に余るものがあった。白河上皇は、寵愛した中宮藤原賢子《ふじわらのけんし》が亡くなると、その忘れ形見の媞子内親王《ていしないしんのう》を溺愛し、郁芳門院という院号を与え、堀河天皇の准母《じゅんぼ》（生母ではない女性を母に擬する）に立てた。しかし、郁芳門院は、嘉保三（一〇九六）年八月七日、二十一歳で亡くなった。白河上皇はこの死をいたく悲しみ、崩御の翌々日に、周囲が止めるのも聞かず出家した。出家すると政務には携われないのが従来の慣例だったが、白河法皇は、そんなことはお構いなしに政《まつりごと》に口を出した。

学者で、太宰権師《だざいのごんのそち》を務めた大江匡房《おおえのまさふさ》は「今の世は、すべて法皇の御気色を仰がなければならない」と嘆いた。

堀河天皇は、長ずるに及んで政務に励み、夜の時間までも使って臣下の奏上書を隈なく読み、疑問の箇所に付箋をつけ、翌日に細かく指示した。賢帝であった。性格は穏やかで優しく、誠実な人柄は朝廷で絶大な人望を集めていた。

「天下は治まり、民は安心し、世はのどかである」というのが世情の評判だった。しかし、白河法皇が政務に口を挟むようになり、天皇は心穏やかではなかった。

「法皇は、私に相談もせず近臣に諮っただけで、何事も決めてしまう。私は必要とされていない」と嘆いた。

鬱屈から逃れるように、管弦や歌に心を移していった。優しい気質の堀河天皇は、白河法皇に逆らえなかった。

そして、嘉承二（一一〇七）年七月、二十九歳の若さで崩御した。天皇の崩御に多くの人が悲しんだ。

清涼殿を警護する滝口の武者であった源定国は美作国に下向し、美作国分寺で出家し修行を積んだ後、「天皇は竜王となって北海にいる」と言って、南風の強い日に北に向かって船出した。亡き堀河天皇を慕ってのことである。

夜の関白

嘉承二年、白河法皇の孫で、堀河天皇の嫡子宗仁親王が即位し鳥羽天皇となった。御歳五歳の幼帝であった。

一方、承徳三（一〇九九）年六月、堀河天皇の善政を支え、共に朝廷改革を行なった実力者関白藤原師通《もろみち》が急逝すると、嫡子藤原忠実《ただざね》に内覧（天皇に奏上する文書にあらかじめ目を通す役目）の宣旨が下された。二十一歳の忠実が関白に任ぜられるのは六年後のことである。若い忠実は政務に的確な判断ができず、白河法皇の怒りを度々買った。

幼帝と政《まつりごと》に未熟な忠実に、白河法皇はさらに専制を強め、政務を一手に掌握した。摂関家を飛び越えて、中・下級貴族、受領階級、武士などを近臣に置いて重用したのである。法皇の周囲には、零落した貴族、栄達できない不平家、得体のしれない僧侶、摂関政治の下積みとなっていた中下層の貴族などがひしめいていた。

特に、現地の行政を司る受領層は、院政の経済的基盤だったことから、その勢力を伸ばした。受領の中には、天皇や法皇の乳母《めのと》との親戚関係から法皇の信任を得た者が多かった。このような法皇の近臣には、摂関家といえども逆らえない状態で、摂関家は院政の下に置かれた。

葉室顕隆《はむろあきたか》は白河法皇の近臣の一人。藤原北家の支流勧修寺為房《かじゅうじためふさ》の二男。父為房は白河院の院司だったが、彼も院司として白河法皇に仕えた。院司は、法皇の家政を司る役目だが、次第に人事、政《まつりごと》にまで口を出すようになった。毎晩、白河法皇の御座所に伺候《しこう》し、言上することは、ことごとく聞き届けられた。夜に伺候することが多かったので、「夜の関白」と呼ばれた。公卿の一人は嘆いた。

「天下の政は、葉室顕隆殿の一言で決まってしまう」

また、別の公卿は、こうも言う。

「威一天に振るい、富は四海に満ちている。世間のすべての人は、この人の前では首を垂れるしかない」

北面の武士と強訴

次に、白河法皇がその権力の支えとして組織したのが、武士であった。法皇は院庁の中に、北面の武士を置いた。北面の武士は、院（上皇・法皇）の親衛隊・直轄軍ともいわれる組織。小規模ではあったが、法皇独自の軍事組織で、官位を与えられた。当初、院御所の北側に詰所があったことから、北面の武士と呼ばれた。

北面の武士の任務は、法皇の院司や近臣らと共に、法皇の側近に侍し、平時は院の身辺を警備し、怪しいものを捕まえる権限を持つ。御幸《みゆき》の時には、車後に武装して従った。

以前から、院の身辺警護をするものに御随身所、武者所があった。しかし、白河法皇は、北面の武士を重用した。北面の武士の中には、武士の他に、法皇の寵童《ちょうどう》平為敏や藤原盛重などもいた。寵童とは男色の相手である。

藤原盛重は幼名を千寿丸といい、東大寺の侍童だった。白河法皇の南都御幸の際眉目秀麗な容姿をみそめられ、寵童として召し出された。また、美貌の近臣藤原宗通（幼名阿古丸）も寵童の一人。寵童は法皇御幸の花だった。

白河法皇が北面の武士を置いた理由の一つに、皇位を巡っての朝廷内の内紛があり、外に目を転じれば、延暦寺、園城寺、興福寺の衆徒の強訴が相次いだことがあった。

天永四（一一一三）年の春、朝廷は興福寺の末寺清水寺の別当（長官）に、仏師円勢《えんせい》を任命した。円勢は、道長・頼通時代に活躍した名工定朝《じょうちょう》の孫弟子で、白河法皇に重用された仏師である。白河法皇が建立した寺の仏像は、ほとんど彼が手がけたものであった。仏師としては最高位の法印の号を授けられた。

しかし、法印円勢の清水寺別当就任に、興福寺が反対の、のろしをあげた。円勢は、延暦寺で出家得度した者であるから、興福寺傘下の寺の別当にしてはならないというのである。興福寺の衆徒は、春日の神木を奉じて、すさまじい勢いで都に乱入してきた。人々に乱暴をはたらき、材木商の材木を略奪する。果ては、延暦寺系の祇園社の神人に乱暴した。

朝廷は、その勢いを恐れ、円勢に清水寺別当を辞退させ、興福寺の要求を受け入れ、興福寺権別当永縁《ごんのべっとうようえん》を清水寺別当とした。今度は延暦寺衆徒が黙っていない。三月二十九日、日吉神社の神輿を奉じ入洛し、祇園社に乱暴した興福寺の僧実覚《じっかく》に処罰を与えることを要求し、白河院の門前に迫った。白河法皇は検非違使源光国、平正盛、左衛門尉源為義らで防御する一方、公卿らを召集して会議を開いた。

公卿たちは、どちら側に立つか決めかねて、ただ嘆息するばかりだった。報復が怖かったのである。

しばしの沈黙の後、大蔵卿藤原為房が小声で言った。

「とりあえず、延暦寺側の言い分を聞き入れて、実覚を罰することにいたしましょう。さすれば、御所前の延暦寺の衆徒は引き揚げるでしょう。その間に、じっくりと話しあうことができます」

為房の意見に従い、延暦寺の要求を入れて僧実覚を罰することに決めた。しかし、四月に入り、興福寺は、南都の六寺、東大寺、大安寺、法隆寺、元興寺、薬師寺、西大寺に呼びかけ、石清水八幡宮にも通牒《つうちょう》した。また、吉野、大和国内の寺に呼びかけた。これを聞いた延暦寺側も、再び神輿を奉じて入洛の準備をした。

朝廷は、四月二十四日になって、ようやく南都と西坂本に軍兵を派遣することにしたのである。

神鹿と新興武士

三十日申の刻（午後四時頃）、宇治の一の坂南原で警戒の陣を張っていた検非違使平正盛らと興福寺の衆徒が衝突。両軍が対峙している時、一匹の鹿が表れた。

鹿は、南都において、神の使いとされていた。

神護景雲二（七六八）年、春日大社が創建された時、建御雷命《たけみかづちのみこと》が鹿島神宮から還る際に白鹿に乗って来たとされ、神鹿《しんろく》と呼ばれるようになる。藤原氏からも崇拝の対象となった。

人が鹿に会った時には、御輿から降りて挨拶しなければならなかった。やがて、神仏習合となり、事実上の大和国国主だった興福寺においても保護され、傷付けた場合には処罰を受けた。死罪になったこともあった。

衆徒はおそれをなし攻撃を躊躇した。その時、平正盛の兵士が鹿を射ようと矢を構えた。神の御使いを射るとは、神の罰が当たると衆徒が騒ぎ立てた。それを機に、正盛軍は攻撃を仕掛け、僧侶三十人、兵士九十人が殺され、興福寺側は退却せざるを得なかった。公卿や僧侶にとっては、畏れ多い神鹿の出現も、信仰を持たない新興武士にとっては、何の意味も持たなかった。武士の前には、神木も神鹿も威力を発揮することはできなかった。

衆徒とは、僧のことである。学生、学侶、大衆とも呼ばれた。大寺院が建てられると、多くの僧侶が必要となり、受戒前の見習僧として、修行をしない俄僧侶が多く出現した。質が低下するのは当然だった。百姓が課役を逃がれようとして、自分で髪を剃り落し、法衣を纏ったものまで現れた。

寺院は、貴族から寄進された多くの荘園を持つ大荘園主となり、その上、祈禱の依頼も多くあり、財政は豊かだ。寺は、僧侶の修行の場ではなく、消費生活、遊興の場と化した。さすが、女人《にょにん》は表向き御法度だったが、あくまでも、表向きである。

仏法の系図には「真弟」という言葉が出てくる。実子のことである。さらに、生ぐさものを食い、酒を飲む。仏に仕るとは名ばかり、その教えを正しく行なう者のいない、まさしく末法の世だった。

永久の強訴の後も、自分勝手な強訴は続いた。専制君主の白河法皇でさえこう言って嘆いた。

「朕の意のままにならぬものは、賀茂川の水、双六の賽、それに山法師である」

奥州藤原氏清衡上洛

この頃、東国では武者の家が形成されはじめ、奥州では、藤原清衡による平泉政府が始まっていた。

清衡は、後三年合戦が終結した寛治元（一〇八七）年からしばらくして上洛した。堀河天皇の御世であった。白河法皇の院政も続いていた。後に、鎮守府将軍・陸奥守として赴任してくる藤原北家頼宗流基頼と知り合ったのが、この在京中だった。

基頼は、右大臣藤原俊家の嫡男であったし、後に関白となる藤原忠実の伯父でもあった。清衡が摂関家と接触し得たのも、基頼を通じてのことである。

上洛中、清衡は時の関白藤原師実《もろざね》に二匹の馬を貢進し、自領を荘園として寄進するという申請書を送った。本良荘（陸奥国本吉郡）、高鞍荘（陸奥国磐井郡）、遊佐荘《ゆざのしょう》（出羽国飽海郡《あくみのこおり》）、大曾禰荘（出羽国最上郡）、屋代荘（出羽国置賜郡《おきたま》）である。

摂関家にとっては、かなり実入りのいい荘園だった。その功が奏してか、清衡は、師実の子師通《もろみち》、孫忠実に至るまで摂関家の信任を得たのである。この頃、奥羽両国の国司が領地などをとりあげる収公が苛烈を極めていたから、清衡と協力して防衛したいという、摂関家の思惑もあった。

清衡は、後三年合戦を共に戦った源義家を飛び越えて、直接摂関家と結んだのだ。怜悧な清衡は、義家も都に帰れば一介の侍《さぶらい》大将に過ぎないと見抜いていた。

また、この間清衡は、中央省庁に勤める官僚を、平泉政府を支える人材として招いた。その一人が小槻良俊《こつぎよしとし》。良俊は、外記庁《げきのちょう》に勤務する腕利きの実務官僚だった。陸奥国衙に公用で赴いていたところ、平泉に呼び寄せられた。これが朝廷で問題となった。五位以上は、公用以外、畿外に出てはならなかったのである。まして、平泉に勤務するとは。

「清衡に従うならば、咎めあるべき」であったが、「即刻帰京するならば咎めだてすることはない」という意見が通って事なきを得た。

散位道俊は、「筆墨」の役を持って清衡に重用された。道俊は、仏に対する信仰心厚く、平泉で念仏を唱えながら七十九歳で大往生を遂げた。

天台宗の僧蓮光は中尊寺建立に参加し、「紺紙金銀字交書一切経」書写の責任者を務めた。

このように、清衡は都の文官官僚を平泉政権に呼び寄せるため、使者を都へ派遣し、また自らも上洛し、中央官僚と接触を持った。

また、保安元（一一二〇）年、越後国岩船郡小泉荘の年貢を「清衡が横領した」という告発が小泉荘の荘官を務める兼元丸からなされた。清衡は特使を関白忠実の家臣で陸奥国の荘園管理にあたった御厩舎人《おうまやとねり》兼友のもとに送り釈明した。兼友は清衡の主張が正しいと証言し、冤罪は晴れた。

摂関家や官僚たちとの交流があってこそ、裁定が素早く行われたのだった。しかし、平泉政府を目の敵にする勢力が、領主、受領の中にはいることを改めて思い知らされたのだ。

また、その頃の都のありさまに、強い自戒を持った。仏教の熱心な信者であった清衡は、京の壮大な寺院、仏像には目を見張ったが、寺の衆徒の強訴には驚きを隠せなかった。仏法を守る者が何故このような狼藉をなすのかと。南都・北嶺の寺社とは太い絆を保ちながらも、平泉独自の方法で、仏教による極楽浄土を造る。それが彼の信念であり念願となった。また、政《まつりごと》を巡っての朝廷の内紛の様も、深い関心を寄せた。平泉の政庁維持のため、朝廷とは親交を保つが、和して同ぜず、すなわち朝廷内の紛争にはどちらにも与せず、しかし親交を保っていく、と心に決めていた。

平泉には、争いのない、民が安心して暮らせるこの世の浄土を造らなければならないと、清衡は決意を新たにする。仏教徒であった母亜加の「戦は殺生」という言葉を、常に心に置いていた。

平泉に帰った清衡は、陸奥守・鎮守府将軍として赴任してきた藤原基頼と昵懇の間柄になり、国府多賀城と平泉政府との間には、しばし平和な時間が流れた。

白河法皇と鳥羽天皇

世は若い鳥羽天皇の御世になっていた。しかし、白河法皇の専制は政の上ばかりではなく、内房にまで及んだ。

法皇は、権大納言藤原公実《ふじわらのきんざね》の五女璋子《しょうし》を自分の養女として育てた。七歳の時実父公実を失した璋子はたぐいまれなる美少女で、長ずるに及んで絶世の美女と謳われたが、奔放な性格で男関係の噂が絶えない。

ある日、法皇は、関白忠実を院庁に呼び、璋子を忠実の嫡男忠通の妻にどうかと問うた。

「璋子様ほどの美しさと才智を持たれた方は、うちの忠通などにはもったいなく思います。いくらでも他にふさわしい方がおありでしょう。鳥羽天皇様の中宮に立てられたらいかがでしょう」

言いながら忠実は法皇を凝視した。璋子の素行は宮中でも噂になっていた。法皇と通じている、という公卿もあった。

忠実は、心の中で思っていた。

「法皇様は、璋子様と通じておられる。宮中では誰でも知っていること。その女人《にょにん》を、うちの息子の嫁にとはあまりな。それに、私がまだ若くして父師通の跡を継いだ時、私の無能ぶりを罵倒された。まだ、右も左もわからない私の失政を庇うどころか激しくなじられた。今更あなた様の言いなりになどなりたくない」

法皇は、忠実の心の裡を知って知らぬか、

「そうか、仕方ないな。宗仁の中宮にするか」と不機嫌そうに言いながら、忠実から視線を逸らした。

その後、法皇は、璋子を強引に鳥羽天皇の中宮として入内させ、璋子は後に待賢門院という院号を賜った。

鳥羽天皇は十六歳、璋子は十八歳だった。鳥羽天皇の中宮となっても、璋子と白河法皇との関係は続き、法皇との間に男児をもうけた。顕仁《あきひと》親王、後の崇徳天皇である。

鳥羽天皇は、二人の関係に気付いていた。不義の子顕仁親王を叔父子（祖父の子）と言って嫌った。

しかし、鳥羽天皇は美しい璋子を愛し、夫婦の仲は睦まじかった。二人の間に、四皇子二皇女を授かった。


一方、鳥羽天皇の関白となった忠実は、白河法皇からまた難題を突き付けられた。院庁に呼び出された忠実は、法皇から三女の勲子《くんし》を鳥羽天皇の後宮に入れるよう求められた。

「勲子は今しばらく手元に置きたいと存じます。それに、勲子は男嫌い故、後宮にはふさわしくありません」

忠実は、勲子が璋子の二の舞になるのを恐れたのだ。法皇の好色は老いても衰えを知らなかった。

「そなたは、二度まで私の願いを拒むのか」

法皇は激怒した。忠実を解任し宇治に籠居させ、忠実の嫡子忠通を関白に任じた。

白河法皇の専制はとどまるところを知らない。鳥羽天皇に譲位させ、五歳になる顕仁親王を天皇の位に就けた。崇徳天皇である。鳥羽天皇は上皇となった。

しかし、その五年後の大治四（一一二九）年七月、白河法皇は七十七歳で崩御した。「幼主三代の政《まつりごと》を執」り、五十七年の長きに亘って君臨した白河法皇の時代は終わったのである。

崇徳天皇は十歳、義清は十一歳になっていた。

第二章　義清の出家

北面の武士佐藤義清

十六歳の時、義清は、権大納言徳大寺《とくだいじ》実能《さねよし》に伺候した。実能は、鳥羽天皇の中宮待賢門院の兄であった。

実能は、義清の蹴鞠や流鏑馬の腕を高く買っていた。実能の勧めもあって、義清は鳥羽天皇の御前で、蹴鞠の腕前を披露することになった。それが、生涯忘れ得ぬ女人《にょにん》との出会いの時だった。

鳥羽離宮で蹴鞠の腕を披露した時の高揚感を、義清は生涯忘れることはなかった。

それにも増して、鳥羽上皇と並んで座している待賢門院の姿に心が震えるような激情を覚えた。

「この世に、こんな美しい女性《にょしょう》がいるのだろうか。それにしても、なんと物憂げな風情だろう」

それが、待賢門院との出会いの時だった。

蹴鞠が終わり、鳥羽上皇に挨拶をした後、義清は、待賢門院の顔を改めて見た。視線が絡みあった。

女院の顔に、ほのかな笑みが浮かんだ。

「美しい」

澄んだ少年の心に、十七歳年上の女性は、慕わしい母桂の前の面差しと重なり、豊かな黒髪に包まれた白い肌と潤んだような憂いを含む瞳は、蠱惑的に純な少年の心を誘った。

その頃、鳥羽上皇の寵愛は、権中納言藤原長実の娘得子に移り、二条万里小路《にじょうまでのこうじ》の得子の館に、足しげく通っていた。その事を待賢門院が気付かないわけがない。彼女の翳りのある美貌は、その苦しみのせいだった。

義清と平清盛

義清は、長承四（一一三五）年、十八歳の時、兵衛尉《ひょうえのじょう》となり、鳥羽上皇の仙洞御所に下北面の武士として仕えることになった。上司に蹴鞠の名人で、「蹴聖」と呼ばれた藤原成通がおり、同期に平清盛がいた。清盛は十二歳で左兵衛介《さひょうえのすけ》となり、従五位下の官位を得ていた。

清盛の祖父正盛と父忠盛は、永久の乱（一一一三年）と呼ばれた興福寺と延暦寺の衝突を回避させたことで、鳥羽天皇の信任を得ていた。鳥羽天皇が上皇となって院政を始めた大治四年には、忠盛は正四位下に叙され、天承二（一一三二）年三月二十三日には、鳥羽上皇御願の白河千体観音像を造営した賞として宮中清涼殿の殿上の間に昇殿を許された。忠盛三十六歳の時である。武士の内昇殿は公卿たちを驚愕させた。

「身分卑しきものに、清涼殿昇殿をお許しになるとは。上皇様は迷われたか」

「いや、上皇様は、伝統や形式にこだわらないところがおありだ」

「そういえば、いつぞや女装して密かに市井の見物にお出ましになったことがあった」

「それにしても、いまいましいことよ」

ひそひそと密談は続き、豊明《とよあかり》の節会《せちえ》の夜に、忠盛を闇討ちにするという企てが立てられた。

忠盛はこれを伝え聞き、

「私は文官ではない。武人の生まれだ。辱めを受けるのは一門にとっても、我が身にとっても耐えがたい。やむを得ん。おのれの身体を守り、生命を全うして主君に尽くそう」と、豊明の節会の日に、刀を携えて殿上に昇った。

節会は続き忠盛も御前で舞った。忠盛は斜視だったので、殿上人たちは、

「伊勢平氏はすがめだよ」とはやした。

節会が終わると彼らは、

「忠盛が刀を身に携え公の宴に列席し、護衛の兵を連れて宮中に入るなど無礼です。官職を取り上げ、任務を停止しください」と、鳥羽上皇に奏上した。

上皇は忠盛をお召しになって尋ねた。

「最近、人々が私をおとしめようとしていると家人が聞きつけ、密かに控えておりました。刀のことですが、主殿司《とのもづかさ》に預けておきましたのでお確かめください」

後日、上皇が召し出されたその刀を見ると、木刀に銀箔を貼ったものだった。

「身を守るために刀を帯びているとみせかけ、木刀を帯した用意周到さは、実に感心である」といっておほめの言葉をかけ、罪科の沙汰はなかった。

ここに武士の棟梁が、貴族の檜舞台に登場したのである。その息子である清盛の出世は約束されたも同然であった。

いや、この頃から清盛は、目を見張る昇進ぶりだった。ある日、義清と清盛とは警固の勤務が終わり、院御所北築地の側の五間屋で酒を飲みながら語りあった。

「今は武士の力が強くなり、貴族たちは、武士を見下しながらも、その力を畏れている」義清は言った。

「いや、世を動かすのには、武力だけでは駄目だ。私は地位が欲しい。過日、父上が宮中で嫌な思いをしたのも、地位がなかったからだ」

どこか冷たさを感じる青白い顔を引き締めて清盛は言った。

「地位とは、殿上人の持つ官位のことか」義清は問うた。

「官位もそうだ。だが、官位とは限らない。顕位というか、人々に畏怖の心を持たせる地位だ」

「皇位ということか。それならば清盛殿は、白河法皇様のお子という噂がある。皇位も望めないわけではなかろう」

「そんな畏れ多いことは考えていない。だが、人々を畏怖させる力が欲しい」

「神木とか神鹿といったものか」

「そんなものではない。そんなものは信心を持たない者にとって何の意味もない。父たちが興福寺の荒僧と戦った時、僧兵たちが先頭に立てた神輿の神木に火のついた矢を放った。彼らにとって、長い間信仰の対象にしてきたものに対してだ」

大きな目を義清にひたと当てて、清盛は答えた。

「目に見えぬ、それでいて人々を畏怖させる力。神や仏に近い力。永遠に続く力、それが欲しい」清盛は重ねて言った。

ややあって、義清は言った。

「目に見えぬ力？　永遠に続く力？　そうだ民の力だ。民の力。それこそ永遠に続く力だ。畑を打つ、土を耕す、木を切る、猪を射る、魚を採る、機を織る、人が生きるために使う力だ。そして、この力は永遠に受け継がれる」

清盛は、義清が言っていることの意味が理解できずに、興ざめたような顔になった。

義清と待賢門院

義清が待賢門院に再会したのは、法金剛院《ほうこんごういん》御所で行われた花の宴の時だった。初めて会った時から五年が経っていた。義清は、北面の武士として警固に当たり、徳大寺実能と待賢門院に付き添っていた。

法金剛院の桜は、艶やかな薄紅色の塊となって、今を盛りと咲き誇っている。待賢門院と兄の実能は、庭を歩きながら会話を交わしていた。

「法金剛院が再建されて八年の月日が経ちますな。女院は、日々、ここで阿弥陀如来様へ祈りを捧げていらっしゃるのですね」実能は言った。

法金剛院は、淳和天皇・仁明天皇の御世の右大臣清原夏野の山荘跡に、天安二（八五八）年に、文徳天皇が伽藍を建立した古い寺である。その後、寺は衰退したが、待賢門院の発願で、大治五（一一三〇）年に再建された。『令義解』を編纂し、文官として活躍した夏野が亡くなってから三百年近くが経っていた。

「この世の執着を断ち切りたいのです。この頃はそればかり思います」待賢門院は答えた。

鳥羽上皇の寵愛は、若い美福門院得子に移って久しい。

「今日の花を現世の思い出にいたします」女院は続けた。

「そんな淋しいことをおっしゃらないでください。確かに私たちは年をとりました。だが、女院はまだまだ美しい。存分にこの世を楽しんでください」

実能は、待賢門院と少し離れて、ひらひらと散る桜樹の下を歩んでいった。

一人、枝垂れ桜の下に佇む女院は、桜の精のように儚い風情で、今にも桜花の中に消えてしまいそうだ。

「義清でしたね。今も蹴鞠や流鏑馬に精進していますか」

傍らで警固している義清に、女院はいきなり尋ねた。

「はい、仕事が忙しい故、以前のように繁くとはいきませんが」

義清の目をじっと見つめて女院は言った。

「今宵、私の御殿へ独りで来てください。釣殿で待っています」

義清と初めて会ったのは五年前。あの時と同じ目をしている、女院は思った。義清は、私に恋をしている。


待賢門院の御殿は、法金剛院の宏大な敷地の中にある。義清は、警固のように院御殿の庭を巡り、建物の周りを廻った。

釣殿にさしかかった。池の水面が月の光を受けてきらきらと輝いている。釣殿の側で、女院に仕える局《つぼね》が紙燭《しそく》を掲げて義清を待っていた。局に導かれて釣殿を渡ると、寝殿の御簾の陰、厚畳《あつたたみ》の上に女院は座していた。義清の胸は早鐘のように鳴った。

「義清、中へ」

女院は張りのある低い声で言った。局は、灯りを持って去っていく。

女院は、ゆっくりと義清の折烏帽子《おりえぼし》を取り、手を背に回した。燭台の灯がふっと消えた。

「女院、灯りをつけてください。お顔を見とうございます」義清は言った。

「今宵は月が美しい。明障子《あかりしょうじ》から射し込む月の光だけで充分です。私はもう若くはないのです」

女院の白い肌が、月明かりの中にほのかに浮かんだ。


若い義清は、身も心も女院に奪われ、後先考えずに言った。

「待賢門院様、今一度会ってください」

「義清、ただ一度だからいいのです。それ以上会えば、阿漕《あこぎ》の浦になります」

女院は、諭すように言った。

「伊勢の海阿漕が浦にひく網も度重なればあらわれにけり」という言い伝えがある。伊勢神宮に奉納する海産品を採るために引く網を、平次という漁師が度々引いて密漁し、露見して海に沈められたという故事から、人知れず行なうことも、度々だと人々に知れ渡ってしまうという意味である。


ただひとたびの逢瀬なのだ。再び会ってはならない人故に、義清の懊悩は深かった。

その夜のことは、そして麗しい女《ひと》のことは、どうしても忘れることができない。

花を見る心はよそに隔たりて
　身に付きたるは君が面影
（桜を愛でる心もなくして、君の面影ばかりがこの身を離れない）

義清と憲康

女院のことは、片時も忘れることができなかった。女院を想うだけで、日々が過ぎていった。

悶々とした心を抱えた義清のもとに悲しい知らせが届いた。親しかった従兄兵衛尉佐藤憲康が突然亡くなったという知らせだった。身もだえするような悲しみが心を覆った。

心の優しい男だった。身分の上下なく、民百姓にも同じ気持ちで接した。

流鏑馬の腕も北面の武士の中で図抜けていた。鳥羽院歌壇でも義清と並ぶ歌の詠み手だった。

激しい議論もした。

地方の領主たちと朝廷との対立は、国衙領や貴族の荘園を巡って常に起こっていた。特に東国において激しかった。荘園を増やし、荘園からの年貢を増やしたい摂関家や公卿たち。領地を国衙領や荘園として召し上げられる中小領主たちの不満。

陸奥守藤原師綱《もろつな》が赴任した康治元（一一四二）年には、信夫郡の検注（土地調査）を巡って、合戦に及ぶ事態まで起きている。信夫郡を領地とする信夫佐藤氏は、奥州藤原氏の一族であり、義清や憲康の縁戚でもあった。

憲康は東国の領主たちが結束して、現状を朝廷に奏上するよう呼びかけ、聞き入れられない場合は武力行使もやむを得ない、と義清に話したことがあった。その時、義清は奥州藤原氏基衡の動向を憲康に問うた。

「基衡殿は動くのか」

「いや、動かないだろう」

「それでも行くのか」

「必ず行く」

「機はまだ熟していない。天下を動かすのは力だけでは駄目だ。確かに坂東、奥羽、越後には、秀郷の流れを汲む支族が多くいる。だが、戦には主と仰ぐ人が必要だ。基衡殿が動かぬとあらば、この戦に勝ち目はない」

「ともかく基衡殿に会って、話をしてみようと思う」
憲康は、強い口調で言った。

それからしばらくして、憲康に会った。前に会った時とは、うって変わった沈んだ口調でこう言った。

「われわれの祖先秀郷将軍が東国を平定して以来、佐藤家は天皇家の御守護の役目を果たしてきた。だが、この頃はどうだろう。東国の中小領主たちは、荘園としていつのまにか自分の土地を召し上げられ、重い貢租に苦しめられている。秀郷将軍が果たして正しかったのか。平将門が反逆者であったのかわからなくなった。今はもう何事も夢幻《ゆめまぼろし》のように儚く思える。いずれにしても戦いは虚しい。勝者も敗者も、征服者も反逆者も、誰もが、おのが身が一番だ。民や苦しんでいる人たちを思っていない。何か頼みとするものはないものか。剃髪して、山陰の庵で暮らすのが望ましくなったよ」

憲康の身に何かあったのか。義清は、憲康の変わりように不吉なものを感じて、返す言葉が見つからなかった。それが会った最後だった。

突然の死であった。起きて来ないということで家人が起こしに行った時には息をしていなかった。心の臓の発作だという。老母の嘆きもひとかたならなかったが、義清の衝撃は、はかり知れなかった。激しい悲しみに誰と口をきくのも嫌だった。数日経って、少し気持ちが落ち着くと、「藤原基衡殿に会う」という志を果たせなかった憲康の無念を思い、荒涼たる風が心を吹き抜けていった。

越えぬればまたもこの世に帰り来ぬ
　死出の山こそ悲しかりけれ
（一度越えてしまったら、二度とはこの世に帰ってこない死出の山路こそ、どうすることもできないものだ）

憲康の死の悲しみから逃れるように、義清は暇願いを出し、京から紀ノ川の畔の領地に戻った。

義清は、雨の日も風の日も紀ノ川を眺めて過ごした。川の流れは、一刻もとどまることがなく流れ去っていく。この世のもののすべてが去っていく。

義清出家、西行と名乗る

保延六（一一四〇）年十月、佐藤義清は鳥羽上皇の北面の武士を辞し、出家して西行、また円位と名乗った。二十三歳だった。

空になる心は春の霞にて
　世にあらじとも思ひ立つ哉《かな》
（春の霞のように落ち着いていられなくて、出家しようと決心するよ）

この世を出離する時、北面の武士として仕えた鳥羽上皇に奏上しに、鳥羽離宮へ参上した。鳥羽上皇の義清への寵愛は、ひとかたならぬものがあった。義清だけを護衛に、密かに市中の様子を見に出かけたこともあった。

鳥羽上皇はしばらくの沈黙の後、口を開いた。

「義清が出家するなど考えてもみなかった。現世が厭わしくなったか」

「お目をかけていただいた上皇様の御恩に報いることも私の務めと思っております。ですが、私には、どうしてもやり遂げたいものがあります」

「引き留めても無駄か」

　義清は、黙って下を向いた。

「歌か」ややあって、上皇は言った。

「御意にございます。私は親しい友を亡くしました。この世が儚く脆いものだと思い至りました。ですが、それ故にまたこの世は愛おしいものだとも思いました。出離するのは、この世を捨てることではありません。この世を懐かしく、愛おしく心に抱きしめたいと願うためです。私は歌に詠むことで、それを叶えたいのです。言葉の力で、憂世をこの手に、この心に抱きしめたいと思います。花も鳥も風も月も、優しくこの世を慰めるものとして歌にしたいのです。歌が、言葉が、現世を越えて永劫不滅の仏の光となって人々を照らすことを、私は願っております」

　義清は思いのたけを包み隠さず、上皇に向かってうちあけた。そして、上皇と並んで座っている待賢門院に視線を移した。切れ長のくっきりした瞳に涙が滲んでいる。女院は必死に感情を押さえているようだ。

　しばらくの沈黙の後、上皇はふっとため息をついて言った。

「そなたの流鏑馬をもう一度見たかった。そなたは、何事にも真っ直ぐに向かいあっていたな」

義清の眼に涙が溢れた。

「上皇様にお仕えした年月を思うと、お別れを申しあげるのが辛いのですが、どうかお許しください」

上皇は思いきったように席を立った。後に女院が続く。女院は義清の方を振り向いた。義清は下を向いたまま、その顔を見ることができない。女院との永久《とわ》の別れだった。

惜しむとて惜しまれぬべきこの世かは
　身を捨ててこそ身をも助けめ

（いくら惜しんでも惜しみ通すことのできないこの世である。だが、この世を捨て出家してこの身や心を助けようと思う）


義清の心は揺れていた。

夕刻になり、邸に帰ると、三歳になる娘綾と妻初音が出迎えた。義清が十九歳の時に娶った妻である。狩衣の袖に纏わりつく綾を突き放し、奥の部屋に入り、初音と話した。話は尽きなかった。月は中天の半ばを過ぎ、西に傾き始めている。

「今別れてもお前との縁は、お釈迦様の縁で、現世《うつしよ》ではなく、来世、いや未来永劫に続くのだよ」

初音は、ただ黙って泣いている。細い肩が小刻みに震えていた。

義清は続けた。

「来世では、同じ蓮の台に一緒に座っている。心安らかに、私を仏の道へ見送って欲しい」

初音は何も答えない。

義清とて、まだ迷っている。現世を捨てることが、このように苦しいものなのか。心が乱れるものなのか。きっと、出家した後も、迷いの中に自分はいるのだと思った。

そう、西行となっても、現世に残した心があった。一度だけ愛の契りを交わした待賢門院の傍らに。危うい立場にある女院の御子崇徳天皇御身のもとに。幼い綾の振り分け髪に。


東山、北山の寺々を周る苦行が始まって一年が経ち、西行は、西山嵯峨野の奥に庵を結んだ。草で屋根を覆い、柴を編んだだけの簡素なものだった。修行から帰った西行は、崇徳天皇が、鳥羽上皇や寵妃美福門院の圧力により、譲位し上皇となったことを知った。

さらに、永治二(一一四二)年二月、待賢門院が落飾した。朝廷内の権力争いに、ほとほとこの世が厭わしくなったからか。争いの渦中にある御子崇徳上皇の行く末が気にならないわけではなかったが、彼女の思いをあざ笑うように、世の中は違う方へ流れていった。

それから三年後の久安元（一一四五）年八月、待賢門院はこの世を去った。

西行は、嵯峨野の庵で、恋しい女性《にょしょう》の死を知った。

もう二度とあの方に会うことはできないのか。息もできないほどの悲しみが胸をしめつけた。僧となって、浮世の生き死には悟りの中に閉じ込めることができるはずなのに、この魂の頼りなさ、よるべなさは何だろう。自分より十七歳年上の女人が先立つのはあたりまえのことなのに、この寂しさは何だろう。

尋ぬとも風のつてにも聞かじかし
　　花と散りにし君がゆくへを
（たずねても風の便りにも聞けそうにもない、花のように散ったあなたの行方は）

その後、西行が崇徳上皇歌壇に加わったのは、歌に生きる決意を新たにしたからであり、待賢門院璋子の忘れ形見崇徳上皇の側にいたかったからである。激しく一本気な気性の上皇も、政《まつりごと》の世界より歌の道に、自分の生きる場所を見出したのではないかと思ったからだ。

幼少の頃から歌を好んだ崇徳上皇は、藤原忠通、藤原俊成らと歌会・歌合わせを頻繁に催していた。上皇となってから、『久安百首《きゅうあんひゃくしゅ》』を、久安六（一一五〇）年に完成させた。

だが、朝廷の皇位を巡っての争いは、崇徳上皇に、歌だけに生きることを許さなかった。

第三章　西行陸奥へ

武蔵野の庵

西行が陸奥の旅へ出たのは、久安二（一一四六）年の晩春だった。二十九歳になっていた。平清盛が異例の出世をし、安芸守に任ぜられ、園城寺と延暦寺の僧徒が争い、清水寺や金峯山の僧徒が、別当や郡司と闘っていた頃である。

陸奥のおくゆかしくぞおもほゆる
　壺のいしぶみ外の浜風

〈みちのくには、その奥にもっと知りたいものがたくさんある。壺のいしぶみ〈多賀城碑〉や外の浜風〈津軽外浜〉〉

待賢門院への追慕が、西行を陸奥へ駆り立てた。西行は、まだ美知の奥、陸奥《みちのく》へ行ったことがない。陸奥は、養老の昔から、都人《みやこびと》の憧れの地だった。陸奥の澄みきった広い空の下、蕭条たる風と寂寞した風景の中に自分を立たせ、思いきりの孤独の中で、あの女人を想いたい。そして、歌を詠むことの根源を確かめたい。

もう一つ、思うことがあった。平泉に行き、基衡殿に会って、憲康の話をしたかった。従兄の佐藤憲康が、領主たちと共に戦うために陸奥へ行くと言った時、朝廷に、摂関家に弓を引いてはならない。決して勝ち目はないと言った西行は、憲康の激しい反発を受けた。憲康は死んでしまったが、果たして奥州藤原氏は立つ気があるのか。基衡殿・秀衡殿に会って、直接聞いてみたかった。

駿河に入った頃は、あたり一面、緑の横溢だったが、旅の途中、長雨に悩まされることもあった。来る日も来る日も雨が続き、どこかの川が氾濫し、家や田畑を水が覆い尽くしているという。旅に出てから二十日が経った。

遠江《とおとおみ》の日坂宿《にっさかのしゅく》を出て金谷へ向かった。小夜《さや》の中山《なかやま》へさしかかる。曲がりくねった道が続き、杉や松がこんもりとした森を形作っている。路傍に石仏や碑が建っていた。行き倒れの旅人を弔ったものか。人の気配はなかった。

富士の煙を仰ぎ、箱根路を越え、武蔵国に入った時は清涼な秋風が吹いていた。武蔵野の夜を照らす仲秋の名月。萩、尾花の続く脇道を入ると、粗末な庵があった。

戸を叩くと、頭髪も眉毛も真っ白な老僧が現われた。九十歳は過ぎていると思われる。

西行は名を名乗り、どうしてこのような人里離れた所にお住まいか、と問うと、

「私は郁芳門院様に仕える兵衛尉でしたが、女院がお亡くなりになった後、出家して諸国を修行して廻りました。この野が気に入り、ここに草庵を建て、もう五十年以上が過ぎました」西行を庵に招き入れた老僧はゆっくりと、一言一言噛みしめるように話し始めた。

郁芳門院（媞子内親王）は、白河天皇と中宮藤原賢子の間に生まれた第一皇女である。

「郁芳門院様のことは父や母から聞いております。早逝された母上の中宮賢子様にうり二つで、美しく大らかな方だったと」

老僧は、深く頷いて答えた。

「本当に素晴らしいお方でした。私など一介の蔵人にも優しく声をかけられて。それが、なんとも言えない爽やかな美しい声で。白河天皇様は、目に入れても痛くないほど寵愛され、いっときも側からお離しになりませんでした」

「そのようでした。媞子内親王様が斉宮《いつきのみや》にお決まりになって伊勢神宮へ参られる時、天皇様自ら、野宮《ののみや》まで御幸なされたそうですね」

「あの時は驚きました。私は蔵人として内親王様に付き添いました。内親王様は嵯峨野の野宮で潔斎されて伊勢へ赴かれるのですが、白河天皇様は嵯峨野からなかなか皇居へお戻りにならなくて、随臣方もお困りになられていました」

「よほど手元からお離しなさりたくなかったのですね」

「そうですね。斉宮退下してからは、こともあろうに内親王様の弟であられる堀河天皇様の准母に立てられ、さらに中宮に柵立《さくりつ》されたのです。婚姻関係になく、実の姉が中宮など前例がなく、延臣たちがあきれ果てたのはいうまでもありません」

「そして、白河上皇様は媞子内親王様に郁芳門院という院号を賜られた。それほどまでに慈しまれた郁芳門院様とは、やはり素晴らしいお方だったのですね」西行は言った。

「そうです。ですから郁芳門院様が亡くなられた時は、白河上皇様は、もう身も世もないようにお嘆きになり、出家されたのです」

「私は堀河天皇様の御子鳥羽天皇様にお仕えしましたが、そのことは、後々まで、宮中で語り草になっていました」西行は続けた。

老僧と西行は、昔お互いに兵衛尉であったことからすっかり打ち解けて、夜を徹して語りあい、夜が白む頃別れを告げた。二度とあの老僧に会うことはないだろう。西行の身体を武蔵野の風が吹き抜けていった。

秋はただ今宵一夜の名なりけり
　　おなじ雲井に月は澄めども
（秋という名はもう、あなたと巡りあった思い出の今宵だけの呼び名にします。今宵と同じ空に月は無心に輝いているでしょうけれど）

白河の関と藤原実方の墓

陸奥国に入った。秋の早い東山道には、黄葉が落ちていた。白河の関に至った。関所は荒れ果てていた。朽ちた柵、関守の家も屋根が落ち、見る影もない。

都をば霞とともに立ちしかど
　　秋風ぞ吹く白河の関
　　　　能因法師

能因法師が修業の旅の途中で歌った白河の関には、憧れにも似た胸のときめきがあった。今は、その荒れ果てた佇まいに、愛惜の思いが胸を過るばかりだった。すべては過去となって滅びていく。

白河の関の関屋に近い廃屋に一泊した。月の光があばら家に射し込んでくる。外に出た。一面の荒野を照らす煌々とした月の光。すさまじいまでの美しさと、心を何処においてよいかわからないほどの寂しさだった。

西行は言葉もなく立ち尽くしていた。

翌朝、西行はまた北に向かって歩きだした。空の色も山の佇まいも、晩秋の気配である。強い北風に、枯葉がざーっと音を立てて舞い上がる。名取郡愛島塩手《なとりぐんあいしましおで》という所にさしかかった。ゆるやかな坂を上がると、低い雑木に囲まれた石碑が見える。付近で草を刈っている百姓に、西行は問うた。百姓は、顔を上げて西行を見た。いく筋もの深い皺が刻まれ、腰もよほど曲がっている。

「あれは誰の墓か」

「実方《さねかた》の中将という方のお墓です」

歌の名手といわれ、数々の女性《にょしょう》と浮名を流した貴公子藤原実方のお墓なのだ。冷たい北風の中に立つ詫びしい墓に、西行はやがて、自分にも訪れる死というものを予感せずにいられなかった。

藤原実方は、一条天皇の御世、武官として右近衛中将従四位下と順調に昇進を重ねたが、公卿の座を目の前にした長徳元（九九五）年に、突然陸奥守に左遷される。一条天皇の御前で、藤原行成と歌を巡って口論となり、行成の冠を奪って投げ捨てたのである。一条天皇は怒り、「歌枕を見て参れ」と陸奥守に左遷した。「歌枕」は陸奥の代名詞である。実方は、陸奥に赴任してから間もなく、陸奥守の役目を充分果たさないまま落馬して亡くなった。

朽ちもせぬその名ばかりをとどめ置《おき》て
　枯野の薄《すすき》形見にぞ見る

（名前ばかりは朽ちも果てずに語り伝えられているが、今は枯野のすすきをその人の儚い形見とみるばかりだ）

清少納言とも浮名を流し、光源氏に例えられた好男子が、四十歳という働き盛りの壮年で陸奥の地で果てたことが哀傷となって、西行の心を揺らす。どう華やかであっても、どう権勢を誇っても、人は死を避けられない。

かくとだにえやはいぶきのさしも草
さしも知らじな燃ゆる思ひを
実方

（この歌のとおりとだけでもせめて伝えたいけれど、どうして言葉などで現せましょうか。伊吹山のさしも草のように燃えている私の思いを。あなたはよもやそれほどとはご存じありますまいね）

実方の恋の歌が脳裡に浮かび、西行は待賢門院のことを思い出していた。「燃ゆる思い」は少し静まっていたが、埋火のように、心の底で燃え続ける恋。この思い出とともに生きていく。

日高見川と衣川

多賀城のある国府に至った。たしか、今、陸奥守として赴任しているのは、民部少尉藤原基成殿だ。面識はない。訪ねる気はなかった。広大な政庁域の周りに、整然とした民家が立ち並ぶ。国府の台所を扱う商人や雑傜《ぞうよう》の住まいである。多賀城南門に至った。坂上田村麻呂が矢じりで石に字を刻んだと伝承される碑《いしぶみ》が建っている。

多賀城　去京一千五百理
　　　　去蝦夷国界一百二十里
　　　　去常陸国界四百十二里
　　　　去下野国界二百七十四里
西　　　去靺鞨《まつかつのくに》国界三千里

壺の碑は、古くから歌枕になり、遥かに遠い場所の喩えとして詠まれた碑である。
陸奥の旅で、最も訪ねてみたい所だった。だが、こうして目にすると複雑な気持ちにとらわれた。多賀城は、坂上田村麻呂のエミシ征服の時からずっと、朝廷の陸奥支配の拠点として置かれてきた。数々の戦のあと奥州藤原氏の祖清衡が平泉に政府をうちたてて以来、朝廷と陸奥との和平は保たれた。しかし、二代基衡の時代になって、鎮守府将軍藤原師綱との間で、公田を巡っていざこざがあり、師綱は基衡の郎党で信夫郡荘官の佐藤季春《すえはる》を処刑した。信夫郡は佐藤氏伝来の所領だった。佐藤季春は、斬られる覚悟で師綱のもとに赴き、祖先伝来の土地（一所）を、命を懸けて（懸命）守ろうとしたのである。今の鎮守府将軍藤原基成とは親交が保たれているというが、奥州藤原氏の縁者として多賀城を見ると、やはり、心が波立つ。

暗鬱な心を抱えて東山道を北へと向かった。

多賀城を発って二日目の朝、霧の向こうに日高見川の流れが見えた。

そのゆったりとした流れの中に、また、あの女人《ひと》の姿形を思い出していた。気品の中に愛らしさがあり、細やかな心遣いのうちに、人を思いやる広い心が感じられる女人だった。歌を詠むのはあまり得手ではなかったが、鳥羽上皇が美福門院に心を移した時も、すべてを受けとめて精一杯生きていた。悠揚迫らざる立居振舞は、この川の流れのようだ。

だが、この川も、嵐に荒れ狂うこともある。人を傷付け、時には死に追いやることもあるだろう。西行は、故郷の川紀ノ川を思い出していた。大宝元年の氾濫はもとより、度々の洪水が農民や領主たちを苦しめた。川の氾濫で川筋が変わり、田中荘の領地が、対岸の領主の領地になってしまったこともあった。日高見川も同じに違いない。しかしまた、人々を慰撫し、恵みをもたらすのも川だ。

人間の様々な思いを呑み込んで、日高見川の流れは過ぎていく。歳月も人も、この流れのように、一瞬たりともとどまることなく通り過ぎ、消えていく。ふと、憲康のことが思い出された。彼と一緒に奥州藤原氏を訪ねたかった。

年月《としつき》をいかでわが身におくりけん
昨日の人も今日《けふ》はなき世に

（これからの長い年月をどうやって暮らしていこうか、旧知の友も今は亡くなってしまって）

日高見川に沿って北に向かって歩きはじめると、雪がちらつき始めた。平泉に近くなるにつれ、雪は風に煽られて、斜めから矢のように吹きつけてくる。

西行は、どうしても衣川の流れを見たかった。

河内源氏二代目頼義の侵攻によって、奥六郡の主安倍氏が滅び、その後覇権を握った清原氏も三代目義家によって滅ぼされた。

やがて、安倍氏と藤原秀郷流の血を継いだ藤原清衡によって、平泉が開府された。現世の興亡を衣川は眺めてきた。その衣川のほとりに立ちたかった。

衣川への途次、雪の降りしきるなか、旅の僧に出会った。若い僧だった。彼は南都興福寺の僧で、康治元（一一四二）年八月に、源為義らに捕えられ、仲間たち十五人と共に陸奥に流されたという。この頃、摂政関白を務めた藤原忠実は引退し、准三宮の名誉称号を賜ったが、出家して法名圓理を名乗っていた。そして、親交のある僧信実を興福寺上座（別当を補佐する役）に就けるため、反対派の僧たちを粛清し、陸奥に流したのだ。

仲間たちは中尊寺の僧として奥州藤原氏に仕えているが、自分は奈良の都を片時も忘れたことはなく、こうして修行の旅を続けながら、奈都に帰れる日を待っていると言って、痩せた手で涙を拭った。

雪の中を南へ向かう僧の後ろ姿を見送って、さらに歩くと、急に目の前が開け、切り立った崖の下に清い流れが見えた。降りしきる雪は川面に向かって注ぎ、消えていった。

幾度かの戦場になったこのあたりで、また、朝廷と藤原氏の軍勢が対峙する時があるだろうか。西行の思いを知っているかのように、雪は風と共に渦となり、矢となり降り注いでくる。澄んだ清らかな流れの川も、降りしきる雪に遮られて暗く陰鬱だった。

涙をば衣川にぞ流しける
古き都を思ひ出でつつ

雪の中で出会った若い僧は、衣川を眺めながら涙を流していたのではなかろうか、故郷奈良の都を想って。奈良の都を流れる佐保川を偲んで。

衣川の館

衣川の館は、土塁、柵を巡らし、矢狭間、高楼が続いていた。私は何を成しにここに来たのだろう。吹雪の中に立つ大館を見た時、西行は深い寂寥感にとらわれていた。憲康は、もうこの世にいない。

二日後、西行は基衡・秀衡親子に会った。

基衡は、上背のあるがっしりとした体軀の持ち主で、武人らしい大きないかつい顔は、力と権威を持った者の風体を顕していた。

西行が衣川の館を訪ねた二年後の久安四（一一四八）年、左大臣藤原頼長の奥羽五カ所の所領について、年貢の増徴が通達された。しかし、在地の領主基衡は、これを拒否した。

平泉政権は摂関家と同等に渡りあう力を持っていたのである。

　秀衡は未だ二十過ぎの青年ながら、中高の整った顔立ちが知性を感じさせ、体軀も肩幅が広くぶ厚い胸を持つ、文武両道を備えた知将という風貌だった。実際、祖父清衡の知と父基衡の力とを兼ね備えていた。後の嘉応二（一一七〇）年五月に、鎮守府将軍に任ぜられ、養和元（一一八一）年に陸奥守に任ぜられた。今までも事実上の権力はあったのだが、秀衡の時代になってやっと公権力を得、平泉政府が正当化されたのである。

　西行が平泉を訪れた時は、奥州藤原氏絶頂の時。平泉政府が東国、信濃、越後の領主を統合して叛乱を起こすことは考えられない。

　やはり、死んだ従兄佐藤憲康の、中小領主の苦衷を思う優しい心が生んだ幻影としか思えなかった。しかし、尋ねないわけにはいかなかった。

「東国、信濃、越後の荘園預かりの領主たちは、重い貢租に苦しんでいます。領地争いも頻繁に起こっています。都に何か変化が起こり、平泉が立てば、これらの領主たちは、奥州藤原氏に馳せ参じるだろうと、亡き従兄佐藤憲康は申しておりました」

「五年ほど前、憲康殿がお亡くなりになる少し前に、書状をいただきました」基衡は答えた。

「憲康が基衡殿に書状を出していたとは知りませんでした。して、どのような内容でしたか」

「東国の荘園を預かる領主たちは重い貢租に苦しんでいる。朝廷に奏上するも何の沙汰もない。お力を貸して欲しいといった内容でした」

「一緒に戦って欲しいとは書かれていませんでしたか」

「書かれていました」

「どのようなお返事を」西行は性急に尋ねた。

「お気持ちはわかる。お力にもなりたい。だが、立つ気はないと」

西行は強い衝撃を受け、しばらく言葉が出なかった。

これですべてがわかった。あの、憲康の突然の変わりようは、そのせいだったのか。憲康の一途な心が思われて、思わず涙ぐんだ。西行の様子に驚いたのか、基衡は言った。

「奥羽の中小領主の苦衷はわかっています。平泉ができることは、貢租を少しでも軽くするよう朝廷への嘆願を出すことで、領主たちの負担を少しでも減らすことができればと思っています。幸い、私どもは豊富な砂金を生み出す金山を持っております。彼らを少しは援けることができましょう。ですが、戦いには加わりません。藤原一門が生き残る道は、奥羽に留まり、決して戦をしないことです」

秀衡が続けた。

「私はあなたが羨ましい。武士を捨てて歌の道に生きておられる。私は歌の道には生きられませんが、祖父清衡が目指した浄土の世界の荘厳をこの平泉で続けていきたいのです」

この人たちは仏の道に生きる。だが、それを許さない勢力もこの世にあることを、西行は知っていた。都の皇位を巡る争いのすさまじさも見てきた。基衡が陸奥国司と激しく対立したこともあった。領主たちの中に平泉を疎ましく思う人物もいる。

しばしの沈黙が流れた。平泉館を埋め尽くすように、雪がしんしんと降り続いていた。

西行は、中尊寺で念仏三昧の日々を送り、その年を越した。

東稲山・国見山極楽寺・医王山滝山寺

遅い春が巡ってきた。

平泉館から北上川を経て、遠くに東稲山《たわしねやま》が見える。山の中腹まで薄い紅色の桜花に覆われている。旅心を誘われた西行は、陸奥出羽を桜行脚しながら京へ戻ると基衡に告げた。

もう二、三カ月逗留してはと引き留められたが、西行の決心は固かった。基衡は雑色一人を付き添わせ、駿馬一頭を西行に贈った。

日高見川を舟で渡った。蛇行を描きながらゆったりと流れる日高見川の川面には桜の花びらが散り敷いている。賀茂川の花見を思い出していた。公卿たちは、賀茂川の花筏の上に舟を浮かべ歌の技を競い合った。雅《みやび》な遊びだ。

だが、都の桜はどこか儚げだ。それに比べ束稲山の桜は、周りの雄大な景色と競い合うように絢爛と豊穣に咲き誇っている。

ききもせず束稲山《たわしねやま》のさくら花
　　吉野の外にかかるべしとは
（奈良の吉野山以外にこれほどみごとな桜があるとは思いもよらなかった）

束稲山の桜は、前九年合戦で、源頼義に滅ぼされた安倍頼時が植えた桜で、その数一万本と伝えられている。安倍氏が滅んで八十年近く、桜は変わらず、春の巡りに美しい花を咲かせる。

年を経て同じ梢に匂へども
　　花こそ人に飽かれざりけれ
（桜を愛でる人は年ごとに同じではないが、桜はいつも同じ梢に咲き、人々の目を楽しませる）

日高見川河畔の月舘にある伝教大師最澄の像に参った後、日高見川沿いの道を北へ歩き江刺郡に入った。稲瀬《いなせ》門岡《かどおか》にさしかかる。

ここには、慈覚大師が開基したとされる国見山極楽寺がある。安倍氏の時代には、一族の信仰の寺となり、祈願寺となった。安倍氏の保護を受けて、堂塔三十六、七百の僧坊を持つ一大山岳寺院となった。安倍氏が滅亡して、仏教信仰の場が平泉に移ってからは、次第に衰退していった。それでも、極楽寺への参拝者は、北は花巻、南は石巻から集まってきた。

国見山の中腹には、今も多くの立派な堂塔が見え隠れしている。しかし、平泉の隆盛には及ばない。

西行は、古びた極楽寺や堂塔を眺めながら、この世の流れを思っていた。平泉も、いずれ滅ぶ日が来るのではないかと。

都の摂関家の浮き沈み、皇位争い、陰で天皇、上皇をあやつる女院たち。平家をはじめ、武者たちの勢力争い。在地の領主たちの土地を巡っての争い。平泉が孤塁を守ることはできないだろう、それが現世のさだめだ。

その現世が厭わしくて出家したのではない、と改めて思った。人の生が愛おしいと思ったから出家したのである。滅びの予感があっても、負け戦であっても人は戦う。その生が愛おしい。

その命を抱きしめたい。渦中にあっては、それができない。

「歌で、言葉で、この世を抱きしめたいと思います」

西行は、出家を上奏する時、鳥羽上皇に伝えた言葉を思い出していた。そんな思い出に浸っていると、日高見川をほととぎすが鳴きながら渡っていった。

みちのくのかどおかやまのほととぎす
　いなせのわたりかけてなくらん

門岡山の極楽寺に参詣する人々は、いなせの渡しと呼ばれる渡し舟に乗って往還する。相去南浦《あいさり》から稲瀬岩脇まで。また、稲瀬岩脇から相去南浦まで。門岡山のほととぎすは、この渡し舟のように、日高見川を往き帰して、人々に春を告げるのだろう。

西行もこの舟に乗って、日高見川を渡り、出羽を目指した。

和我郡江釣子《えづりこ》から出羽仙北へ至る道は、古代から人々が行き来した道だ。二里ほど歩くと堅川目《かたかわめ》。和泉式部が別れた夫橘道貞を追って、生命つきたと伝えられる場所だ。日はとっぷりと暮れていた。小さな無人の寺が、その夜の宿である。次の日、出羽国平鹿郡山川郷横手に至った。

横手から出羽東山道を南下する。助河、横河、平戈《ひらほこ》、避翼《さるはね》、野後、玉野、村山、の駅舎が置かれている。元慶二（八七八）年に起きた秋田城司の苛政に対し、エミシが反乱した時、官軍の兵が通った道でもある。元慶の乱は、出羽権守に任ぜられた藤原保則の寛政により収まったが、朝廷は、征服とか征伐という言葉をすぐ使う。その言葉は、人々の平等をいう仏法には馴染まない。

横手から五日ほどの道程で最上駅に着いた。四方を山に囲まれた平野が拡がる。ここには、皇室領大山荘と摂関家領大曾根荘がある。

領民が泥にまみれて田の手入れをしていた。もうすぐ田植えが始まる。大山荘も、大曾根荘も、奥州藤原氏が荘園として朝廷に差し出したものだ。

山道を登ると汗が噴き出た。医王山滝山寺へは曲がりくねった山道が続く。杉林や雑木の間に名残のおおやま桜が咲いている。吉野山のやま桜より色が濃く、花も大振りだ。

たぐひなき思ひ出羽《いでは》のさくらかな

うすくれなゐの花のにほひは

（比べるもののないほどいい思い出になることでしょう。出羽の桜のうす紅の花の色は）

西行は、薄紅色の桜の花に、忘れえぬ人、待賢門院のことを想っていた。振り返ってみればこの旅は、待賢門院への追慕を、改めて想い起こす旅でもあった。

医王山滝山寺は、和銅元年（七〇八）に行基が開山し、仁寿元（八五一）年慈覚大師が中興したと伝えられ、蔵王の山一帯に堂塔が立ち並んでいた。僧坊も三百を数える。石鳥居を潜って本堂の境内に入った。侍僧が散った桜の花びらを箒で掃き集めていた。西行に気付くと僧都の宿坊へ案内した。

権大僧正明慶が出迎え、

「藤原基衡殿から文がありました。丁重にお迎えするようにと」と言う。

「そうでしたか」

「どうぞ、お気のすむまま逗留してください」

「ありがとうございます、二、三日ご厄介になります」

「ところで、本山延暦寺の様子はいかがですか、いろいろな話が伝わってきますが」

明慶は性急に訊いた。

「そうですね。南都の寺々との対立や朝廷への強訴が頻繁にあり、仏法を守り、行を修める僧がと、心を痛めることもしばしばです」

「そうですか、ここもいろいろなことがありますが、幸い平泉の藤原氏が仏法の熱心な信者ですから、みなそれに従い修行に励んでおります」明慶は答えた。

ここは、仏はいても悟りを開く人のいない末法の世ではない、西行は胸をなでおろしていた。

三日の逗留の後、帰途を急いだ。出羽国最上郡最上から東へ。陸奥国柴田郡大河原柴田駅へは最上駅から十三里ほど。

柴田駅は、出羽東山道と陸奥東山道の分かれ道である。柴田から東山道を一路南下して都へ着いた時、都大路には秋風が吹いていていた。

旅から帰った西行の目には、都の賑わいも、宮中の煌びやかさも、儚い夢のようなものに映った。

道すがら見た民の貌、人々の何気ない日々が、西行の心を占めていた。彼らは、今を精一杯生きている。黙々と田畑を耕し、川に網を打つ。斧で山から木を切り出し、薪を造る。

人が真に生きるということはこういうことだ。

ただ、崇徳上皇のことが気がかりだった。西行は、陸奥から帰った後、上皇の催す歌会に藤原俊成や藤原顕輔と共に頻繁に顔を出した。上皇が宮中に渦巻く陰謀に巻き込まれてはいないか、心配でもあった。

「旅の間も、上皇様のことを忘れたことはありません。上皇様の危うい立場を心配しておりました」という西行の言葉に、崇徳上皇は、はっきりと答えた。

「私は、歌をもって政《まつりごと》に替えたい。西行、力になって欲しい」悩ましげな眼をして、上皇は答えた。西行は、はっとした。その眼が、亡き待賢門院に生き写しだったからである。陸奥への旅の間も、片時も忘れたことがなかった女人の眼に。

「私は修行のために、しばらく高野山に戻りますが、いつでも御身のお力になりたく存じます」

上皇は嬉しそうに笑った。


また、春が巡ってきた。

高野山から吉野に桜を観に行った。

吉野山の桜には、毎春、狂おしいほどに心を奪われてきたのに、今年の春はどうしたことだろう。吉野の桜も美しいが、陸奥や出羽で観た桜が忘れられない。それに、桜は桜で美しいが、桜だけなく、現世のすべてが愛おしく思えるのだ。それぞれの場で精一杯生きるこの世の生命がすべて輝いて見える。草も木も川も山も。

吉野から高野山に戻った西行のもとに、都から便りが届いた。

崇徳上皇の立場が危ういと。

第四章　保元の乱と平治の乱

鳥羽院政と摂関家の内紛

白河法皇が崩御するとすぐに、鳥羽上皇は押さえつけられていた鬱屈を晴らすように、院政を開始した。まず、近臣の入れ替えである。

白河法皇の意に逆らい、宇治に蟄居させられていた藤原忠実が、鳥羽院政のもと、内覧として復活した。

忠実は、三女勲子《くんし》を、改めて鳥羽上皇の女御として入内させた。三十九歳の高齢だった。勲子は名を泰子《たいし》と改め、鳥羽上皇の皇后として立った。泰子は申御門《さるごもん》南、堀河東にある高陽院第に住み、高陽院という院号宣下を受けた。

高陽院第は、もともとは桓武天皇の第七皇子賀陽親王の邸であったのを、摂政関白藤原頼通が所有するところとなり、敷地を倍以上に広げ、豪華な寝殿造りの邸を造営した。宏大な敷地の中には馬場もあり、奥州藤原氏清衡の忠実への貢馬が疾走したのも、高陽院の馬場だった。

忠実には、泰子の他に関白となった二男忠通と左大臣の三男頼長の二子がいた。

忠実は、忠通より弟の頼長に目をかけていた。忠通は、白河法皇が自分を退けた後、関白となった因縁があって父子の間は微妙なものになっていた。また、忠通と頼長が対抗して、それぞれの養女を近衛天皇の皇妃として入内させるという競争も、周りの顰蹙を買いながら行われていた。さらに忠実は、忠通に対し関白職と藤原氏の氏長者の座を頼長に譲るように要求し、氏長者の印《しるし》である朱器台盤を忠通からとりあげ、頼長に与え、頼長を氏長者とした。これによって、忠実・頼長と忠通との間は修復不可能なまでに悪化してしまった。この対立と、崇徳上皇と後白河天皇との対立が、保元の乱の遠因となるのである。

永治元（一一四一）年鳥羽上皇は出家して法皇となった。そして押し迫った十二月、鳥羽法皇は待賢門院の子である崇徳天皇を退位させ、寵愛する美福門院（藤原得子）との間の子供である体仁《なりひと》親王を即位させた。近衛天皇である。崇徳天皇は上皇となった。体仁親王は、崇徳上皇の中宮聖子の猶子（養子）であり、かつ皇太子となっていた。しかし、宣命には皇太弟と記されてあった。すなわち近衛天皇は、崇徳上皇の弟と書かれていたのである。

天皇が弟では、崇徳上皇は院政を敷くことはできない。鳥羽法皇側の深謀遠慮であり、だまし討ちでもあった。これを聞いた崇徳上皇の怒りは激しかった。崇徳上皇は新院と称された。

この翌年、鳥羽法皇は、藤原忠実とともに東大寺戒壇院で受戒し祈願を行った。法皇の東大寺への祈願は、近衛天皇に世継ぎが生まれることだった。しかし、願いも虚しく、近衛天皇は久寿二（一一五五）年、十七歳の若さで崩御した。

次の皇位には、崇徳上皇の第一皇子重仁《しげひと》親王が有力だった。上皇の中宮聖子《せいし》は子に恵まれず、重仁親王は上皇と寵妃兵衛佐局《ひょうえのすけのつぼね》との間の子であった。忠通は、自分の娘聖子の子ではない重仁親王を快くは思っていなかった。

忠通と美福門院は、重仁親王が皇位に就くことを阻止する動きに出た。

美福門院は、雅仁親王（後の後白河天皇）の子で鳥羽法皇と自分との間の猶子となった守仁《もりひと》親王（後の二条天皇）を天皇の座に就かせたかった。

だが、忠通は鳥羽院に伺候し、鳥羽法皇と美福門院に拝謁して、こう上奏した。

「美福門院様は、守仁親王様を皇嗣にと思し召しで有らせられます。しかし、お父上の雅仁親王を差し置いてその王子を皇位に就けるわけにはいきません。ひとまずお父上の雅仁親王様を皇位に就け、それから守仁親王様に譲位されてはと思います」と説得した。

雅仁親王は崇徳上皇の同母弟である。

「皇后は、どうしても守仁親王を皇位にと言っておるが」鳥羽法皇は答えた。

「それはなりません、順序が逆では、天意に逆らうことになります」忠通は強く主張した。

こうして誕生したのが、後白河天皇である。

後白河天皇の誕生に、崇徳上皇は強い衝撃を受けた。御子重仁親王の皇位が遠ざかったからである。後白河天皇の跡を継ぐのは守仁親王になる。

崇徳上皇は、「魂を奪われた人のように、白河北殿の中をさ迷い歩いている」と人々は噂した。

鳥羽法皇崩御

この間、忠通の弟頼長は目立った動きがとれなかった。左大臣を辞していた頼長は、朝廷で発言できない状態にあった。

左大臣の座にあった時の頼長は、苛烈な綱紀粛正を実施し、人々を恐怖に陥れて、悪左府といわれていた。才子であり、努力の人でもあったが、他人に対して異様に厳しく、公事に遅刻した者の邸宅を焼き払い、朝廷の招きに病気を理由に応じなかった僧の京の宿坊を破壊した。その徹底ぶりは異常性格とさえ人々の眼に映った。

そして、近衛天皇の崩御は、忠実・頼長親子が呪詛したがためであるという噂が流れた。この噂は、忠通・美福門院の仕組んだものであったが、鳥羽法皇は激怒し、頼長と会うことを拒んだ。昇殿も許されなかった。

こうして鳥羽御殿から締め出された頼長は、崇徳上皇に近づいていった。

保元元（一一五六）年の春、鳥羽法皇は病に倒れ、食事も口にできなくなった。七月に入ると臨終が囁かれた。

崇徳上皇は臨終の直前に鳥羽御殿に見舞いに訪れたが、会うことはできなかった。居並ぶ蔵人は、鳥羽法皇の寝殿の御簾を上げようとはしなかった。参議や近臣たちも誰一人、鳥羽法皇との対面を取り計らうものはいなかった。

崇徳上皇は御所鳥羽田中殿に戻ったが、怒りを抑えることができなかった。

「私が何をしたというのだ。私は何一つ鳥羽院に逆らうようなことはしていない。確かに院は私を厭わしく思っていた。しかし私は、父とお慕いすることこそあれ、嫌ったことなどない」

鳥羽法皇は、父白河法皇と妻待賢門院との間の不義の子崇徳を、最後まで拒否したのだ。崇徳上皇の廷臣の中には、上皇の苦衷を思い、密かに涙する者もあった。

西行は、その頃籠っていた高野山から降り、鳥羽御殿の庭でご平癒を祈った。鳥羽法皇は、西行がまだ北面の武士だった時、特に目をかけてくれた。市井の視察に西行一人を護衛に連れていくこともあった。出家する時、御殿に上がりそのことを告げると、心から出家を惜しんでくれた。北面の武士の時代のことが思い出され、巨木が倒れいくのを改めて実感していた。崇徳上皇への感情こそ溶解されなかったが、お世継ぎのことにしても、藤原忠通と忠実・頼長との対立にしても、法皇はできるだけ公正な立場を貫こうとされていた。

保元元年七月二日申の刻（午後四時頃）、鳥羽法皇が崩御した。五十四歳だった。

夏の太陽は夕刻になっても衰えを知らず、照りかえす鳥羽御殿の庭で、崩御の報に接した。西行は、御殿の東南にある安楽寿院の前に跪き、法皇のご冥福を祈った。夜が白々と明けていった。

保元の乱

鳥羽法皇が没すると、事態は急展開した。

「上皇左府同心して軍を発し、国家を傾け奉らんと欲す」という風聞が流れた。崇徳上皇と藤原頼長が協力して、軍を発進するという。美福門院・忠通側から出た情報である。

それを聞いた崇徳上皇はうめくように言った。

「何故人々は、私が帝に、国家に背くと考えるのか。後白河は私の弟だ。母を同じくする弟だ。弓を引く気持ちなどさらさらない。私は歌に生きてきた。皇位などに未練はない。私には歌しかない。それでいいのだ。ただ、重仁のことだけが気がかりなだけだ」

崇徳上皇は、寵妃兵衛左局との間の嫡子重仁親王が皇位に就くことを望んでいた。

「文にもあらず武にもあらぬ四の宮（後白河天皇）が、重仁をさしおいて即位したことが遺恨である」と言ったこともあった。

後白河天皇は、幼い頃から今様に夢中になって、政《まつりごと》にも歌にも興味がないと思われていた。また、帝の器でもないと噂されていた。

しかし、今となっては、何を言ってもせんなきこと。

「もう、現世に対する執着などない」上皇は歌の世界に生きると心に決めていた。

しかし、そんな上皇の思いは知らず、後白河天皇側は先手を打って、崇徳上皇に同心していると目される頼長を挑発してきた。

鳥羽法皇崩御の翌日には、東三条邸で、崇徳上皇方の武士が謀叛の密議を行なうという噂が流れ、源義朝が東三条邸留守役の小監物《こけんもつ》光貞らを逮捕した。東三条邸は摂関家の本宅ともいうべき邸で、その蔵町には、氏長者（摂関家の長）の象徴である朱器、台盤が収めてある。

八日には、崇徳方に就いた藤原忠実、頼長父子が、諸国の荘園から軍兵を召集しているという噂があったとして、これを停止するようにという宣旨が諸国の国司宛てに出された。また、後白河方は摂関家当主の邸である東三条邸を源義朝らに襲わせた。その時没収した文には、謀反の意志が書かれていたという。

これに対し崇徳上皇側は、鳥羽離宮の田中御所から白河北殿に移り軍兵を召集する。

十日、平氏、源氏の兵が集まった。このうちの主力は源為義・為朝父子とその郎党だったが、いかにせん無勢だった。

為義は六十七歳。合戦の知恵袋である。

「味方は無勢だ。ここでの待ち戦では勝ち目がない。すぐに宇治か近江まで下向し、東国の武士の来援を待った方がよい。もしくは上皇が関東まで行幸し、そこで兵を召集してはどうか」と提案した。

だが、頼長は強く反対する。

「それほど事態が迫っているとは思えない。大和、吉野の軍兵が来るのを待とうではないか」

確かに、南都から僧兵数千人の加勢があるという情報が入っていた。

それに対し、西河原面の門を守る為義の子鎮西八郎為朝は、

「そんな悠長なことは言っていられない。援軍の情報は天皇方にも入っているはずだ。天皇方に兵があまり集まらない今宵のうちに、高松殿に夜討ちをかけた方がいいだろう」と献策した。

しかし、頼長は、

「天皇と上皇、それに関白と左大臣が争う国争いに夜討ちなどもってのほかだ。夜討ちな

どは私戦の時に行なうものだ。興福寺の僧の到着を待つべきだ」と一蹴した。

あばれ武者として名高い為朝は、

「敵方の義朝は合戦上手だ。こちらの手勢が少ないとみて、明日など待たずに、今宵のうちに合戦を仕掛けてくるだろう。敵におそわれてあわてふためくなよ」と頼長をののしって席を立った。

公卿たちは、いつも武士を見下した態度でものを言う。一度は合戦の先頭に立ってみろ、為朝は心の中で思っていた。


後白河天皇方も「謀反するという日頃の噂が露見した」として、ただちに武士を集めた。下野守源義朝、安芸守平清盛、兵庫頭源頼政、散位源重成などが雲霞の如く集まった。内裏には関白忠通ら廷臣のほとんどが参上し、多数の軍兵が内裏を取り囲んだ。その上、京の町筋にまで、多くの数の兵がたむろしている。町屋では、家財を持って逃げ出すものが後を絶たなかった。

天皇方の軍議を取り仕切っていたのが、美福門院と忠通だった。

清盛の継母は、崇徳上皇の嫡子重仁親王の乳母であって、清盛と重仁親王とは乳母兄弟になる。その清盛が天皇側に付いたのは、美福門院の懇請があったからだ。美福門院は鳥羽法皇の遺志だと告げた。

清盛・義朝は宮中に召されて合戦の計画を後白河天皇に奏上した。

まず、御所高松殿は手狭で、上皇方が攻めてきた時には防戦に不便であるから、天皇は、あらかじめ接収した東三条邸に移っていただくこと。その上で我々は、白河北殿に夜討ちをかけると建議し、宣旨を賜った。

忠通は、これに反対した。敵味方になってしまったが、頼長と同じく、大義名分を重んじる関白である。義に反することはできなかった。

だが、信西は、清盛、義朝の奏上に直ちに賛成した。

「それがよいでしょう。敵が寝静まった寅の刻にしましょう。勝利間違いなしです」

信西に義はない。この男の頭の中にあるのは利と出世だけである。

居合わせた公卿たちは、ただ黙っているばかりだ。

この男の理論は、整然としていて反論を加える余地がない。反論すればするほど論理を立てて、相手の口を封じる。それに、反逆者として粛清される恐れもある。惻隠の情など、この男の心には全くない。

御白河天皇は、心の広い大らかな方だが、崇徳上皇の言ったように、武にも文にも疎い。夜討ちの建議は、反対する者もなく通った。

白河北殿襲撃は、十一日寅の刻、夜の明けぬうちに決行された。

清盛は手勢三百騎を率いて二条方面から、源義朝は二百余騎を率いて大炊御門通りから、源義康百騎は近衛方面から攻め寄せた。

迎え撃つ崇徳方は、剛弓の使い手源為朝らが奮戦し、天皇方は苦戦を強いられた。天皇方は、白河北殿の西隣にある亡き鳥羽法皇の寵臣だった藤原家成邸に火をかけた。火は白河北殿に燃え移り、崇徳上皇は頼長と共に脱出したが、上皇方は総崩れとなり、勝敗はついた。

逃げる途中、頼長は流れ矢に当たり負傷、負傷しながらも南都に逃れ、戦乱を恐れ避難していた父忠実に助けを求めたが、門は開かれなかった。その後、母方の叔父にあたる興福寺の千覚律師《せんがくりつし》を頼り、その房で生き絶えた。三十七歳だった。聖徳太子の「十七条憲法」を信奉し、律令を重んじ儒教の教えを説いて、綱紀の弛んだ朝廷を、苛烈なまでの厳しさで刷新しようと試みた英才の壮年の死であった。無念の死であったが、彼が十九年に亘って記した日記『台記』は、後世に遺された。

頼長の母方の叔父千覚律師は忠実・頼長側に与力したとして、所領を没収された。

崇徳上皇は、船岡山の知足院で出家した後、仁和寺の覚性入道親王のもとに閉居された。

覚性入道親王は崇徳法皇の弟である。

仁和寺の山門の前には、後白河方の兵たちが警備をしながら、中の様子を伺っていた。身に着けている衣装や乗っている御輿から五位以上と見られる男が、たまたま仁和寺の側を通りかかったというだけで、兵に因縁をつけられているのを見た町衆は、世の変わりように驚くばかりだった。武士が殿上人を見下す時代になったと。

崇徳法皇の身を案じた西行も、仁和寺の山門前に駆けつけたが、警護が厳しくて中に入ることはできなかった。

崇徳法皇の中宮聖子は出家し、清浄恵と称した。父藤原忠通と夫崇徳法皇との対立に深く傷付いた聖子だったが、崇徳法皇讃岐配流後は、皇嘉門院という称号を賜り、異母弟九条兼実の後見として九条家のために尽くした。


捕えられた崇徳方の源氏・平氏は、罪の軽重、身分の上下なく死罪に処された。死罪は、「薬子の乱」以降三百五十六年間、事実上、廃止となっていたものだ。拷問も行われた。公家に対する拷問は、それまでなかったことだ。口に木枝をつっこまれ、水瓶に逆さ吊りにされた。

信西は、味方についた平清盛に、敵方の叔父平忠正、忠正の子長盛、忠綱、正綱を斬るよう命じた、崇徳法皇をお守りして仁和寺までお供した平家弘、光弘も大江山で斬られた。また、源義朝に、敵側にまわった父為義、弟の頼賢、頼仲、為成、為仲を斬らせた。逃げていた為朝は、近江坂田で逮捕されたが、為朝の弓の技を惜しんだ後白河天皇の計らいで死罪を免れ、伊豆大島に流された。

信西の命による残忍な処刑に、源為義は、「父に斬られる子、子に斬られる父、斬るも斬られるも宿執の拙きこと、恥ずべし恥ずべし、憎むべし憎むべし」と叫んだ。

情も義もない処刑に対する叫びだった。

信西と後白河天皇

保元の乱で頭角を現した信西という男、当代並ぶものがないといわれた博学宏才で、俗名を藤原通憲《みちのり》といった。曾祖父藤原実範以来の学者の家系に生まれたが、幼くして、摂関家の家司だった高階経敏《たかしなのつねとし》の養子となった。長じて待賢門院の蔵人として出仕し、のち待賢門院の子崇徳天皇の六位蔵人となった。

そして、二番目の妻に、雅仁親王（後の後白河天皇）の乳母紀伊局を娶ってからは、後白河天皇の権威を背景に、得意の陰陽道と算数で巧みに出世していった。しかし、世襲制の確立していた公家社会では、少納言で五位下の地位どまりだ。

信西は、伝統の上に座り続ける摂関家を、なんとしても弱体化させたかった。崇徳上皇側についた藤原頼長は死んだが、その父忠実は生きている。忠実は陰ながら頼長を支援していた。信西は忠実の流罪を主張した。しかし、忠実の二男関白忠通のとりなしで流罪は免れ、京都北にある知足院に籠居させられた。

忠通に改めて氏長者の宣旨が出された。藤原氏一族の代表である氏長者の決定は、藤原不比等以来、藤原氏の中で決めていた。天皇が決めたことはなかった。御白河天皇自身の決定というより、信西の決定である。信西は藤原氏の弱体化を謀った。次に信西が行なったのは、摂関家領の没収である。こうして忠通以外の摂関家は手足をもがれ、院政を行なう上皇もいない。後白河天皇親政が実現したのである。

後白河天皇と今様

だが、今様にうつつを抜かす後白河天皇に親政の期待はあまりできない。親政は、信西が取り仕切った。

今様は、当世のはやり歌である。
後白河天皇は、十歳過ぎから、今様の師乙前について、春夏秋冬昼夜を問わず雑芸集を広げて謡った。四季を謡った今様、法文歌、早歌、雑歌にいたるまであまねく謡った。仏を称える法文歌が多かったが、庶民が謡う歌も少なくない。練習しすぎて声が割れ、咽喉が腫れて、湯水も通らないこともあった。だが、修行の甲斐あって、本職の芸人たちよりずっと上手かった。

仏は常にいませども　うつつにならぬぞあわれなる　人の音せぬ暁に　ほのかに夢に見え給ふ

後白河は、みごとに、上手に、正しく、美しく謡った。後白河も母待賢門院に似て、姿形の美しい男だったから、自分の美声と姿に酔うように謡い舞った。

遊びをせんとや生まれけむ　戯れせんとや生まれけん　遊ぶ子供の声きけば　わが身さえこそ動がるれ

今様の名人と聞けば、男女貴賤の区別なく、遊女、くぐつめ、白拍子。誰でも召してその歌を聞いた。公卿たちは、身分の低い者たちが天皇の側に侍るのに顔をしかめたが、後白河は芸を第一義とした。他のことは気に留めなかった。

信西は、陰で「天下の愚帝」と評していた。

だが、後白河には後白河の考えがあってのことだ。生まれてこの方、宮廷は皇位争いに明け暮れる日々だった。それを見て育った後白河は、そこから離れたかった。まして、二男の自分に皇位が廻ってくるとは思っていなかった。

崇徳上皇が、和歌に生きる道を見つけたと同様、後白河天皇は、今様に自分を投じた。なぜ、人は皇位や政に固執するのか。政の座など、槿花一朝《きんかいっちょう》の夢でしかないと、心の中で思っていた。

後白河天皇は暗愚などではない。

今様を後世に残すべく、治承三（一一七九）年までの長い年月をかけて『梁塵秘抄』を編纂した。梁塵とは、あまりの歌の上手さに、梁の上の塵も動くという意味である。

後白河天皇の今様に対する自負である。

しかし、生前の鳥羽法皇をはじめ、宮中には批判する者が多かった。「天子のなすべきことではない」と。

崇徳法皇の讃岐配流

西行は、仁和寺に籠られた崇徳法皇に会うことができず、近くの僧坊で読経していた。そこへ、仁和寺の別当寛遍《かんぺん》の使いの小坊主が白い裂地の包みを持ってきた。中に入っていたのは、崇徳法皇の御歌であった。

思ひきや　身を浮雲に　なしはてて
　　嵐のかぜに　まかすべしとは

嵐に吹き飛ばされた法皇の気持ちが痛いほど胸に染みる。西行の頬に涙が伝わった。

保元元（一一五六）年七月二十二日、崇徳法皇を讃岐に配流する、という裁定がなされた。西行が伺候したことのある徳大寺実能の嫡子内大臣徳大寺公能《きみよし》やその子実定《さねさだ》、参議源雅頼らが、恭順の意を示した法皇に対する処置としては過酷だと言って反対したが、信西は、死罪相当の者への処罰としては、これが穏当である、と言い張った。

信西の冷ややかな裁定に、後白河天皇の側近たちは、誰も反論できなかった。信西の帝の威を借りた反撃が怖かったのである。

後白河天皇も、同意するしかなかった。その知らせを聞いた公能の父徳大寺実能は、「恫喝が宮中でまかり通るとは」と嘆息をもらした。


崇徳法皇の不運に対して、深い愛惜の念を持ったのは西行だけではない。内大臣徳大寺公能は、朝議にいて、信西を論破できなかった自分を悔いていた。しばらくの間、魂を抜かれた人のように虚ろな目をし、言葉にも力がなかった。配流の知らせを崇徳法皇に届けた日野資長《すけなが》は後白河天皇の蔵人だったが、法皇に同情していて、奏上はしどろもどろだった。法皇を守護して鳥羽までお供した兵部少丞《ひょうぶしょうじょう》源重成も法皇に心を寄せていた。

夜が白々と明ける頃、崇徳法皇と寵姫兵衛佐局、それに数人の従者を乗せた船は、草津の船着き場を離れ、葦の間を通って淀川を下っていった。草津からは、讃岐国司藤原季行も崇徳法皇に付き添った。

季行は、ひちりきの名手であり、歌にも秀れた文化人だった。崇徳上皇歌壇の歌合わせにも出席したことがあった。やはり、心の中で法皇に同情していたが、朝廷の命には従わなければならない。

法皇の船は讃岐国松山の津に着いた。松山の津は、粗末な漁師の家が十軒ほど立ち並んでいるだけの貧しい村だった。

それを目にした法皇は、あまりの侘しさにどうしても船を下りる気にはなれない。「ここには、下りたくない」というお言葉に、出迎えに出た讃岐国府の高官綾高遠《あやたかとう》は困り果て、「直島《なおしま》にいたしましょうか」とお勧めした。直島は、京に地続きの備前国が目の前で、古代から海上交通の要衝であると、法皇に奏上した。

法皇は二年ほど直島で過ごし、綾高遠の館に迎い入れられ、そこは雲井御所と呼ばれた。

法皇が京を発たれた直後、西行のもとに、またも白い肌着を引き裂いた裂地に書かれた御歌が届けられた。

憂き事のまどろむほどは忘られて
　醒むれば夢の心地こそすれ
　　顕仁

法皇の御歌に、西行の心には哀しみが拡がっていった。今、自分の身に起こっていることが夢であって欲しい。崇徳法皇の慟哭が、針となってきりきりと心を刺す。

法皇の不運な出生、理不尽に押し付けられた破滅。その真っ直ぐな人柄、繊細な魂、歌会の時の華やいだ微笑。すべてが思い出されて西行を苦しめた。

保元の乱には、東国の源氏の兵が大勢参加したが、陸奥、出羽からの武士の参加はなかった。奥州藤原氏基衡が押さえて、武士、兵を一人も出さなかったからである。

後白河天皇の譲位と信西の独裁

保元の乱から二年後、保元三（一一五八）年、後白河天皇は十五歳の守仁親王（二条天皇）に譲位し、内裏を出て高松殿を院御所とした。譲位の議は、二条天皇の養母美福門院が信西に強く要求し、信西が上奏し、実現したものだった。関白忠通も知らなかった。

後白河も、常日頃信西にこう言っていた。

「信西、公卿たちの私を見る目が疎ましい。いっそ譲位したい」

「それがよいでしょう。もっと自由な世界で今様を楽しまれたら」

信西自身、今様にも白拍子にも造詣が深い。後白河と気が合った。

信西は出自からして、今以上の地位は望めない。後白河天皇の信任と自分の才智で宮廷を仕切ってきたが、関白や高官は、何処かで自分を見下している。

信西は思った。「高官どもは何もできないくせに、世襲の地位にのさばって、何やかやと批判がましい。天皇が譲位して院政を行なえば、近臣として彼らに遠慮することなく、存分に腕を振るうことができる」

また、関白忠通も関白職を嫡子基実に譲った。新帝二条天皇の母は、大炊御門藤原経実《おおいみかどふじわらのつねざね》の娘で源有仁の猶子（養女）懿子《いし》。出産時に急逝していた。母方の援護は望めず、父後白河とは不仲だった。また中宮妹子内親王は病弱で、二条天皇の支えは美福門院と院の従兄弟藤原伊通である。

朝廷の実権は後白河、いや信西が握っていた。信西は、院司に自分の子俊憲、成範、貞範を就かせ、院庁内を固めた。院御所は信西一族の独壇場となり、その権威には誰も逆らえない。信西に追従し、官位を望むものが後を絶たなかった。

信西が最も力を入れたのは、摂関家の羽翼である源氏を押さえることだった。保元の乱でも、戦功の賞は平氏に多く与え、源氏には少なかった。源義朝もその一人だった。義朝は、信西の子是憲を、自分の娘婿にしたいと申し入れた。

信西は、「我が子是憲は、文官を目指す学生ですので武人の家柄にはふさわしくありません」と断った。

その言葉の裏で、平清盛の娘を是憲の兄成範の妻として迎えた。武家には婿に入れぬと言いながら、平家とは姻戚関係を結ぶ。源氏の面目は丸つぶれだった。

「信西め、今にみておれ」義朝はうめいた。

だが、初めからわかっていたことだ。義朝は、清和源氏の流れを汲む河内源氏の六代目ではあったが、清盛は後白河天皇の御落胤だという噂が流れていた。格が違う。清盛は後白河天皇の愛妾祇園女御とその妹白河院女御の庇護のもとで育った。後白河天皇は、両方の女御を愛し、清盛は、白河院女御との間の子であるというのが世情の噂だった。出世も破格だ。

平治の乱

もう一人信西と対立する男がいた。藤原信頼である。彼は後白河天皇と男色関係と噂され、周囲からは「あさましきほどの寵愛あり」といわれる寵臣となった。美しい信頼を後白河は溺愛した。公卿たちは、「文にもあらず、武にもあらず、能もなく、芸もない」と酷評したが、もともと藤原北家経輔《つねすけ》流の出身で、祖父、父とも正三位に叙されているから出自に文句はない。平治の乱が起こる前年には、信頼も正三位・参議となり公卿に列せられた。その後中納言となり、後白河天皇が譲位した後は院別当となった。後白河上皇からの寵愛で、若い信頼は破格の出世をした。しかし、五年ほど前、左兵衛督《さひょうえのかみ》の位の時、大将に任じられたいという希望を信西に阻止され、信西には怨念を持っていた。また信西は、大外記《だいげき》清原頼業《きよはらのよりなり》に信頼のことをこうも言った。

「後白河上皇は、謀叛の臣がすぐそばにいても全然ご存じない。お気付きになるよう仕向けても、それをおさとりにならない。こんな愚昧な君主は、今まで見聞きしたことがない」

後白河上皇は、信西の意図には気付いていた。素知らぬふりをしていただけである。信西は、敵は徹底的に追い詰めるという性癖を持つ男だ。それが、周囲から嫌われるという結果になっていることに気付いていなかった。

無能と評された信頼だが、実務官僚として頭角を現した。先見の明もある。彼は武士の力に着目した。武士の力がなければ、権力の座は手にできない、伝統の上に胡坐をかいている貴族たちの力だけでは、国を守ることができない。若い信頼は見抜いていた。

奥州藤原氏基衡とも姻戚関係を結んだ。異母兄の藤原基成を陸奥守および鎮守府将軍として送り込み、後に基衡の子秀衡に基成の娘を嫁がせるのである。また、当時の最大の軍事貴族である平清盛の娘と信頼の嫡男信親との婚姻も成立させ、名実ともに朝廷の実力者となった。それは、もう一人の実力者信西との対立を引き起こすことになった。信頼と信西の子である藤原俊憲や成範とは、出世を巡り競い合う関係にあった。また、上皇近臣派と天皇近臣派との出世競争が、乱への道に拍車をかけた。信西を頭とする後白河上皇近臣派と信頼や藤原経宗、惟方などの二条天皇近臣派との戦いであったが、明確に両派に分かれていたわけではない。

平治元（一一五九）年十二月九日、清盛が重盛、基盛、宗盛ら一族と兵十五人を引き連れて熊野詣に出かけた。

その隙をついて藤原信頼は、源義朝、源光保、源頼政を率いて挙兵。源義朝らは院御所三条殿を包囲した。後白河上皇、上皇の姉上西門院をあらかじめ内裏に移し、信西の行方を捜した。事前に異変を察知していた信西は院御所を脱出し、京の南、綴喜郡《つづきぐん》田原の山中に逃れた。

しかし、翌十三日、検非違使源光保が、田原の山中に穴を掘って身を隠していた信西を見つけ、斬首し晒首にした。

清盛のもとへ、信頼叛逆の知らせが届いた。翌十日のことである。それを知らせたのが紀伊の国湯浅城主湯浅宗重であった。清盛は、紀伊の国日高郡切部の宿に逗留していた。

「信頼殿が謀叛を起こしたと。で、天皇様や上皇様はご無事か」側にいる重盛に聞いた。

「上皇様、天皇様、上西門院様は内裏にお入りになりご無事と聞いています。が、内裏の周りを、信頼殿の軍勢が取り囲んでいるとのことです」重盛はこたえた。

「筑後に落ちて、そこで兵を集めるのはどうか」動揺した清盛は、咄嗟に都落ちを考えた。

「いや、そんな悠長なことはいってられません。とりあえず、紀州の兵を集め、熊野神社に応援を頼みましょう」重盛は性急に言った。

いつもは穏やかな嫡男重盛の強い口調に清盛は頷いた。

清盛は京へ引き返す途中、和泉国大鳥郡の大鳥神社に立ち寄り、戦勝を祈願した。

かひこぞよ帰りはてなば飛びかけり
　育み立てよ大鳥の神

（今は蚕の幼虫だが、都へ帰りついたら成虫になってはばたけますよう守ってください）

大鳥の神様は、清盛の願いを聞き入れた。

湯浅宗重、熊野別当湛快らが必死で兵をかき集め、清盛軍は大軍となった。十六日夜半、清盛は伊勢平氏代々の館六波羅邸に入った。

清盛軍が何の抵抗もなく入京できたのは、信頼側が周到な準備を行わないで叛乱を起こし、源氏が本国の武士を召集する暇がなかったからだ。ここでも、大鳥の神は清盛に味方した。

入京した清盛は、信頼に対して敵対の態度を示さず、異心なきを誓った。若い信頼は、清盛の策略を見抜けなかった。

二十五日夜、清盛の指示によって、参議藤原惟方は、女装した二条天皇を内裏から脱出させ、六波羅邸まで同行した。上皇も、密かに仁和寺に脱出していた。清盛は、主上脱出、六波羅御幸のふれをまわし、公卿、殿上人をすべて六波羅邸に伺候させた。

ここで、信頼・義朝軍は、賊軍になってしまったのである。清盛は、信頼・義朝追討の宣旨によって、軍を出動させ、信頼・義朝が占拠した大内裏を攻撃した。大内裏が兵火にかかるのを避けるため、撤退するとみせかけ、信頼・義朝軍を内裏からおびき出し、六条河原での戦いでこれを破った。

二条天皇親政派が、はじめは信頼と通じ、信西が殺害された後、平清盛に宣旨を出し、信頼を倒したことは、天皇派の勢力に大きく貢献した。後白河上皇院政派は、信西を失ったこともあって後退したが、まだ隠然とした力は保っていた。この後も天皇親政派と院政派との対立は続いた。

源頼朝の伊豆配流

六条河原で敗れた源義朝は、東国に逃れる途中、尾張国知多郡野間内海荘の領主長田忠致《おさだただむね》を頼ったが、平家の恩賞目当ての忠致に殺害された。義朝長子義平は、越前国足羽郡まで逃れた後、京に引き返し六波羅を伺うが、捕えられ六条河原で斬られた。右兵衛権佐《うひょうえごんのすけ》頼朝は、近江国まで逃げた。翌年尾張国司として赴任してきた清盛の異母弟頼盛の郎党平宗清に捕縛され、京六波羅へ送られた。反逆者義朝の事実上の嫡子であったから死罪は当然だった。六波羅では、頼朝の処遇について激しい議論が交わされた。

清盛は、

「当然死罪だ」と断じた。

これに対し、頼盛は、

「いや、まだ十三歳だ。親に従って参戦したまでだ。死罪は重すぎる」と反対した。

「いや、生かしておいては今後に禍根を残す。長じて、源氏の兵を集めて平家を倒すとも限らぬ」

「上西門院様も、死罪には反対しております」それを遮って頼盛は言った。

上西門院は鳥羽上皇と待賢門院の間の第二皇女統子《とうし》。後白河上皇の准母である。

頼朝は上西門院に蔵人として仕えていた。

「それに、熱田大宮司家《あつただいぐうじけ》も反対しております」頼盛が重ねて言った。

熱田大宮司家は、待賢門院近臣家で、頼朝の母方の親族であった。

「だが――」

清盛の発言する前に頼盛は言う。

「池禅尼《いけのぜんに》様も、あんな若者の首をどうして斬れましょう、とおっしゃって、死罪にならぬよう、仏に祈願しているということです」

池禅尼は、清盛の継母、頼盛にとっては実母で、父忠盛の正室である。清盛は四面を固められたようなもので、同意せざるを得なかった。源頼朝は伊豆へ流されることになった。

乱の規模は、双方二、三百騎程度であった。乱の直接の当事者である公卿たちは、賊軍となった信頼方から離脱し、六波羅方に馳せ参じたので、信頼方に残ったのは、源義朝の一族郎党だけで、ほとんどが死罪となった。

信頼自身は、仁和寺に籠居していた後白河上皇を訪ね減刑を嘆願するが、清盛をはじめ朝廷の貴族たちは謀反の張本人として許さず、信頼は公卿でありながら、六条河原で斬首された。

清盛側についた貴族たちはこの時、「平家にあらずんば人にあらず」という平家一族の独裁と栄華の時代の到来を思ってもいなかった。

第五章　平家一族の栄華

二条天皇と後白河上皇の対立

平治の乱に勝利を納めた天皇親政派の参議藤原惟方《ふじわらのこれかた》と従二位権大納言藤原経宗《ふじわらのつねむね》は、「後白河上皇には、政治の実権を渡さない、天皇が政務を執るべきだ」として、敵対する姿勢を鮮明にした。二人は、上皇に拙い嫌がらせをしたのである。

上皇は市井の様子を眺めて、大路を歩く下衆《げす》などをお召しになるのを楽しみにしていた。その御座所のある八条堀河の院別当藤原顕長の桟敷を打ちつけて、外が見えないようにしてしまったのである。

分別盛りの二人にしてみれば大人気ない嫌がらせをしたものだが、まさか流罪になるとは思ってもみなかった。

後白河上皇は、「わが世にありなしは、この惟方、経宗にあり。これを存分に戒めよ」と激怒し、清盛に命じて二人を逮捕させた。そして、面前に引き出して拷問の上、経宗は阿波に、惟方は長門に配流した。

後白河上皇は、天皇方の二人が自分を敵視していることは知っていた。政《まつりごと》の上での対立が、こういう嫌がらせになったことも。だが、趣味とも性癖ともつかないことを妨げられたといって、「わが世にありなしは」という後白河上皇は、やはり凡愚であったのか。いや、市井の人々に興味を抱く上皇は、なかなか人間くさいおおらかな人柄だ。しかし、若い二条天皇は、実の父後白河上皇を嫌った。

また、賢子、愚父という言葉は、この二人のためにあると、人々は噂した。

「天子に父母はない」と、父としての後白河を、上皇としての後白河をも否定したのだ。若さ故、父の生き方が納得できなかった。また近臣であり、天皇方の実力者でもあった藤原経宗、藤原惟方を配流したことへの怨恨もあった。

二人を失った上、中宮妹子内親王が病を得て出家、後見であった美福門院が亡くなるなど、二条親政派の要人が次々と去って、若い二条天皇の立場は不安定となった。応保二

（一一六二）年には、前関白忠通の娘藤原育子が入内し中宮となったが、忠通は応保三年死去した。

この間、天皇方であった藤原邦綱は、低い身分ながら第二の信西と呼ばれるほどの出世をし、破竹の勢いの平家に近づいていった。邦綱は下級官吏の家系に生まれたが、藤原忠通の家司として頭角を現し、仁安元（一一六六）年には、蔵人頭となり、後には権大納言となった。経宗、惟方配流後の二条天皇方の実力者となって、様々な策略を巡らし、延臣たちを粛清した。

そのため、天皇側、上皇側にかかわらずみな不安に駆られ、「上下おそれをののいてやすき心なし、ただ深淵にのぞみて薄氷をふむに同じ」という心持ちで、日々落ち着かなく過ごした。

その反面、邦綱は気配りもあり上下関係なく誰とも親しみ、人を籠絡して味方につけるのが上手かった。延臣たちには苛烈な粛清を行なったが、天皇、上皇、清盛に抜け目なく接近し、信頼を得た。特に清盛とは親密な関係を保ち、清盛の娘で摂政近衛基実の正室である平盛子の後見となった。和泉、越後、伊予、播磨の受領時代に蓄えた財力は及ぶものがないほどで、数々の第宅を持ち、後白河上皇の御所などに提供した。

受領は、朝廷ではなかなか役職に就けない中小貴族が任ぜられることが多かった。現地に赴任しない国司に代わり、現地に赴き、領民から税を徴収する権利を持つ。徴税をやりくりし、莫大な富を形成するものも多かった。邦綱は、財力と清盛の引き立てで、そして、天皇、上皇、どちらとも等距離を保つ、巧みな朝廷遊泳術で権勢を振るった。

長寛二年十二月十七日、後白河上皇の長年の念願であった蓮華王院（三十三間堂）が、平清盛の援助によって完成した。

蓮華王院は、後白河上皇の住まいであり、政《まつりごと》を行なう場所である法住寺殿の宏大な敷地内に造られた、上皇の別邸として建立されたものだ。

その落慶供養が行われることになっていた。しかし、二条天皇の御幸はなく、慣例となっている造寺司《ぞうじし》への観賞の沙汰もなかった。造寺司とは寺院の造営などの際におかれる役所である。観賞とは位や物品を授けること。

供養開始の時間が迫っていた。

上皇は、二条天皇の勅許を今か今かと待っていた。待ちきれず、藤原親範を二条天皇への使者として遣わせた。だが、勅許はついに届かなかった。後白河上皇は目に涙をいっぱい溜め、

「何故に、父をそんなに憎むのか」と嘆いた。

白河・鳥羽上皇時代とは違って、この頃になると、上皇の権力は絶大なものではなかったのである。

人々は、「今上天皇（二条）は賢主であられるが、孝行ということについては欠けておられる」と噂しあった。

だが、この二カ月後の長寛三年二月、二条天皇は病を得、その四カ月後に崩御した。七年の短い在位で、二十三歳の若さだった。「末の世の賢主におはします」といわれた二条上皇（死の直前に憲仁《のりひと》親王に皇位を譲った）も、常に陰謀が渦巻く朝廷の「常ならざるほど」の混乱の犠牲者だった。奇しくもこの一年前崇徳法皇が讃岐で崩御していた。

太政大臣平清盛

保元・平治の乱で、源氏は中央から姿を消し、平清盛を棟梁とする平家が中央を席巻した。後白河上皇は、清盛を公家社会に取り込み、永暦元（一一六〇）年八月の除目で、清盛を参議に任じ、公卿の列に加えた。仁平三年に父忠盛が亡くなって、七年後のことである。武士で昇殿を許された例はいくつかあるが、公卿に列せられたのは清盛が初めてだった。

父忠盛が内昇殿を許されたのは、天承二（一一三二）年、鳥羽上皇勅願の観音堂である得長寿院造営の落慶供養に際して、千体観音を寄進した時である。その功績によって昇殿を許された。公卿たちはそれを嫌悪し、挑発や嫌がらせをした。

だが、清盛の参議昇進に異議を唱えた公卿はいなかった。彼が白河法皇のご落胤であるという噂が流れ、誰も文句を言えなかった。確かに、清盛の昇進は異例づくめだった。

三歳の時に母とされる白河院女御を亡くした清盛は、白河院女御の姉である祇園女御に養育され、やがて平忠盛に引き取られた。十二歳で従五位下左兵衛佐に任じられ、この後、清盛は北面の武士として西行と出会うのだが、十七歳で武士となった西行には、兵衛尉という肩書だけで官位はなかった。

清盛は十八歳の時、継父忠盛の瀬戸内海賊を追補した功を譲り受け従四位下に進んだ。「人の耳目を驚かすか、言うに足らず」「満座目を驚かす」であった。

また、保延二（一一三六）年には、父の功を受けて中務少輔《なかつかさのしょうゆう》に任じられた。

継父忠盛は、清盛の出世に最大の配慮をしたのである。また、後白河上皇や祇園女御の引き立てもあった。祇園女御・白河院女御と呼ばれた姉妹は、共に晩年の白河法皇の寵愛を受け、妹白河院女御が懐妊し清盛を産んだというのが人から人へと伝えられた噂である。真偽のほどは白河院女御しかわからない。

清盛は、久安二（一一四六）年二月一日、近衛天皇が鳥羽法皇の御所に行幸された時に奉仕し、正四位下に叙せられ、二月二日には安芸守に任じられた。父忠盛は播磨守である。揃って西国の受領に任じられたことが、西国における平家の勢力を磐石のものとした。平家は、瀬戸内海の制海権を握り、巨大な富を手にした。父忠盛は、仁平三（一一五三）年に五十八歳で亡くなったが、その遺跡を清盛が継いだ時、左大臣頼長は、「富は巨万、奴《ど》僕《ぼく》国に満つ」と慨嘆した。

その後、保元の乱、平治の乱に勝利した清盛は永暦元（一一六〇）年に参議に任じられてから七年のうちに、権中納言・兵部卿、正二位内大臣と昇進し、さらに、左大臣・右大臣を飛び越して太政大臣に任じられて、従一位の位を賜った。仁安二（一一六七）年二月のことである。その一年後、清盛は出家し、別邸雪見御所を摂津福原に造営して居所とした。

崇徳法皇崩御

清盛が栄華の階《きざはし》を昇っている頃、讃岐に流された崇徳法皇は讃岐院と称され、雲井御所で三年間過ごした後、鼓の岡に御所を建てた。十間ほどしかない木造りの質素な御所で、周囲には高い土塀を巡らされていた。

法皇の一番の慰めは、讃岐に同行した寵妃兵衛佐局と仁和寺で修業している重仁親王の存在だった。

法皇と兵衛佐局は五部大乗経を書写し、念仏を唱えて、仏教への信心を深めていった。

ただ、自由な行動を許されない法皇の都への思いは深く、一時も京の都を忘れることはなかった。保元の乱の三年後に起きた平治の乱の報を讃岐の配所で聞いた法皇は、荒々しい武者が跋扈する時代を嘆いた。

「都へ帰っても、もう私の戻る場所などないのだ」

思ひやれ都はるかに沖つ波
　　立ちへだてたる心細さを

それでも、兵衛佐局と連れ添っての仏道生活で、心の平穏を少しずつ取り戻していった。

だがそれもつかの間、都から重仁親王薨去の知らせが届いた。二十二歳だった。仁和寺で仏道修行中に負った足の傷の悪化で亡くなった。応保二（一一六二）年一月二十八日、身を切るような北風が一日中吹き荒れていた。

法皇の嘆きは深かった。皇位にとあれほど願った重仁親王の死。

それからの法皇は、御座所の妻戸《つまど》も蔀《しとみ》も閉め、燈火の下ひたすらに経の書写に心を傾けるばかりだった。次第に身体は痩せ、食事も咽喉を通らなくなっていった。

重仁親王が亡くなって二年半後の長寛二（一一六四）年八月二十六日、崇徳法皇はただの一度も都に帰ることなく、讃岐松山の地で崩御した。四十六歳の壮年だった。火葬の烟は都の方へなびいていったという。

兵衛佐局は、法皇が崩御すると一人都へ帰った。御子重仁親王も既にない。時代は二条天皇の御世、後白河上皇の院政も続いていた。

君なくてかへる浪路にしをれこし
　袖の雫を思ひやらなむ

（崇徳法皇が亡くなって都へ帰る波路で、潮と涙で濡れた袖を思いやってほしい）

京に帰った兵衛佐局は出家した。山科の勧修寺で、崇徳法皇の菩提を弔う日々を過ごした。崇徳法皇の弟である仁和寺門跡の覚性入道親王が山科の寺を訪ね来て、二人は法皇の思い出話をしみじみと語りあった。

崇徳法皇が讃岐に流されて以来、行方の知れなかった西行は、大峯山で荒行を重ねていた。垂直に切り立つ崖を登り、目がくらむ懸崖を下り、断食を重ねた。そうして高野山に戻った西行のもとに、崇徳法皇崩御の知らせが届いた。法皇の寵妃兵衛佐局からである。「法皇様は、五部大乗経を血書し、そこには『私は日本国の大魔王となり、皇を取って民となし、民を皇となさん』と書かれていました」書状には、そうしたためられてあった。

西行は思った。

法皇は懊悩の末、皇も民も同じであると悟ったのではないか、天皇が偉いのではない。天皇を支えている民も同じように偉いのだと。そしてこうも考えた。法皇様は大魔王にはならないでください。大魔王になって自分を貶めた人たちの地位を奪うことなく、法皇様が本来持っている知性と優しさと真っ直ぐな心で政《まつりごと》を行なったなら、民はきっと喜ぶでしょうと。

そんな西行の思いをよそに、京では不吉な噂が流れていた。美福門院が起居する三条西洞院の屋根に青い火が飛びまわっていた、二条河原から藤原忠通邸まで夜な夜な鎧武者の行列が続いている、羅生門の瓦屋根の上に鬼が座っていた、といったものである。

人々は、それが、保元の乱の祟りであり、崇徳法皇の怨霊であると信じて疑わなかった。

特に、崇徳法皇の崩御から十数年後に起きた京の大火は、人々を震撼させた。富小路の民家から出た火は、折からの強風にあおられて大内裏に及び、京の町の三分の一を焼いた。

右大臣九条兼実は、

「五条の南に起こった火が八省諸司に及んだことは未曾有のことだ。このように延焼するのはただごとではあるまい。火災、盗賊、大衆の兵乱、上下の騒動、まことにこれ乱世の至りだ」と嘆いた。

巷には、このような凶事は、崇徳法皇と頼長の怨霊だという噂が流れた。それほど、崇徳法皇の配流に人々は心を痛めていたのだ。

朝廷も、法皇に崇徳院の号を奉り、頼長には正一位太政大臣を贈った。さらに、法皇と頼長を祭神とする霊社を保元の乱の古戦場春日河原御所（白河北殿）跡に建てた。粟田宮と呼ばれ、人々の参拝が絶えなかった。

西行、讃岐へ

崇徳法皇の御子で、重仁親王の異母弟にあたる皇子は、仁和寺華厳院で修行し仏道へ入った。法名元性（後覚恵）と称し、宮の法印とも呼ばれた。保元の争乱の後に出家していた。父である崇徳法皇と祖母である待賢門院の面影を写して、潤んだような黒目がちの瞳が印象的な若い僧であった。

幼い頃の宮に西行は上西門院の御殿で会ったことがある。無口で人見知りの子だった。ある日、宮は御殿の庭で子猫をかまっていた。猫は、カラスにつつかれたのか背中から血を流している。宮は、「義清、子猫が可愛そうじゃ」と言って必死に手当てをしていた。元気になった子猫は、宮に纏わりついて側を離れようとはしなかった。

大峯山の荒行から高野山に帰った西行は、宮と再会した。高野の山々が霧に覆われた六月末のことだった。宮の法印は、仁和寺から高野山に入ってさらに修行を重ねていた。宮は西行の手を握り締めて、目に涙を溜めてこう言った。

「上人様、父のこと、父の怨霊が京を徘徊しているという噂を知っておられましょうか」

西行は胸が熱くなるのを覚えた。その潤んだ瞳に、待賢門院を思い出したからである。宮の祖母待賢門院も父崇徳法皇も、もうこの世にない。そのまぎれもない事実が改めて思い起こされ、哀しみに胸が締めつけられた。

「存じております。謀略を巡らして父上を死に至らしめた人たちの心が生んだ幻でしょう。私が讃岐に行って院の御霊をお慰めしてきますので、安心してください」

宮の目から大粒の涙がこぼれた。

宮は父の資質を受け継いで歌が上手く、真っ直ぐな心を持っていた。
そして西行と会った後、さらに仏の道を極めるために大峯山の数々の難行、断食、滝行、回峯行に向かった。西行は、宮中でのんびりと育った宮が荒行に耐えられるか心配していたが、修行を終えられた宮から歌が届いた。

あくがれし心を道のしるべにて
　雲にともなふ身とぞなりける

宮は迷わずに仏の道を進むだろう。

西行が讃岐を訪れたのは、宮と約束してから一年後のことである。五十一歳になっていた。

草津の船着き場から淀川を下り海に出た。法皇と同じ航路を船は辿る。船人の言葉は荒く、風も強く、波も高い。法皇はどれほど心細かったか、それを思うと新たな悲しみが心を満たす。

松山の津という漁師の村に着いた。粗末な平屋が並んでいた。村人が、あそこが法皇様の御在所があった所です、と指差す所に行ってみた。木々に囲まれた鼓の岡の御在所の築地塀は崩れ落ち、庭には八重葎が生い茂っていた。覚悟はしていたものの、激しい悲哀が胸を衝きあげてきた。

その後、法皇の御陵に向かいながら、案内の村人に法皇の生前のご様子を尋ねると、「最後まで極楽浄土へ向かわれるための仏道修行をなさっておられました」という言葉が返ってきた。

御陵のある山は、平地からいきなり盛り上がったような山で、巨木が山全体を覆っていた。険しい山路を木々の枝をかき分けながら登ると、平坦な場所に出た。

ここで崇徳法皇の遺体は荼毘にふされ、埋葬されたのだ。丸く盛り上がった塚が見えた。松が数本その周りに植えられている。

西行は、法皇との様々なやりとりを思い起こしながら、塚に向かってひたすら読経した。

かつての日々の法皇の息遣いや、笑い声や、晴れやかな笑顔が思い出された。

「法皇様はお迷いなられた」

「重仁親王様を皇位に就けたいと望んだがために、ほんの一瞬お迷いになられた」

「私は、お迷いになられた後も、法皇様が、歌の世界に、仏の道に帰ってくることを願っていました。ですが、もう流れを止めることはできなかったのですね」西行は御陵に向かって語りかけた。

風が木々の梢を揺らしながら通り過ぎ、木立の中は鳥の声に満ちていた。

その後西行は、讃岐国善通寺の近くに庵を結んで三年を過ごした。海が見渡せる山の中腹だった。善通寺は、弘法大師の父で地元の豪族佐伯直田公《さえきのあたいたぎみ》（善通）の所領で、弘法大師生誕の地であった。そこに滞在しながら、弘法大師の遺跡を巡り、崇徳法皇の菩提を弔った。

巡礼の途次、西行は、漁民や農民や商人の生業の姿を目にして詠んだ。

下り立ちて浦田に拾ふ海人の子は
　つみより罪を習ふなりけり

（浦田に下りて貝のつみを採る海人の子は、つみを採ることで殺生の罪を習いおぼえるのだ）

仏法に無縁の人への同情心と共に、西行の柔軟な眼と心は、人間の生きる現実を見つめていた。

西行は、旅するごとに人々の営みへの理解を深め、仏道は仏道、人の生は人の生という思いに至っていった。その上で、無縁の人々を仏性の光の中に包み込むことを忘れなかった。

四国から帰った西行は黒く日焼けし、表情は一段と柔和になっていた。

常盤の歌人寂然と宮の法印

西行は、四国から高野山へ戻った。

それからは、高野山に入った宮の法印（覚恵）の庵室で、しばしば歌の友寂然や宮の法印と共に歌会を持った。

宮の法印の庵室は金剛峯寺の別所近く、清流の流れる谷の側にあった。寂然（藤原頼業）は、近衛天皇六位蔵人を務め、康治元（一一四二）年壱岐守となるが、久寿二（一一五五）年に出家した。西行とは同じ年で、長い付き合いで気心も知れている。大原に庵を建て、仏への強い信仰のもと、祈りの日々を過ごしている。西行とは、考え方、感じ方が似ていて、ごく自然に親しくなっていった。

宮の法印は、父親ほど歳の違うこの二人を何かと頼りにしていた。

寂然は言った。

「西行殿とは長い付き合いになりますな。父為忠の所に歌を学びに来られた時に、はじめてお目にかかりました」

「そうですね。ご兄弟三人、寂念様、寂超様、寂然様とも、お父上為忠殿の開く歌会に出席されて、お父上のお屋敷が常盤谷にあったので常盤の歌人と呼ばれていましたね」

「私たちは朝廷の歌壇から孤立していましたから、崇徳法皇様の勅撰集に、父も兄弟三人も、一首も入らなかったのです」寂然は言った。

「父上が寂然様の歌を無視したのですか」宮の法印は驚いたように訊いた。

「いやいや、崇徳法皇様は撰にはかかわっておられない。『詞花和歌集』の撰者は、藤原顕輔殿だ。彼は、歌合わせの集まりにあまりお出になられない為忠殿や寂然殿兄弟の歌を軽んじたのです」

「そうですか、人とのかかわりは歌の評価にも影響を及ぼすのですね」

宮の法印は顔を曇らせた。

「心の内からこみあげてくるものを素直に言葉にするのが歌です。飾り立てても良い歌にはなりません」

西行は、宮の法印の目を見つめながら言った。

「法印様は、今は亡き重仁親王様によく似ていらっしゃる。重仁親王様も美しく賢い方でした」

その西行の言葉を継ぐように、寂然は言った。

「その賢明さが災いしました。美福門院様は、重仁親王様を憎んだのです。我が子近衛天皇は目の病で伏している。生命の灯も危うい。どうあっても重仁親王様だけには皇位を渡したくない。そして策略を巡らして、雅仁《まさひと》親王様、今の後白河上皇様を皇位に就けたのです」

寂然の次兄であり、皇后宮大進となった寂念（藤原為業）が、宮中の動きを逐一寂然に知らせていたのだ。

宮の法印の目から大粒の涙が落ちた。父や兄の薄幸の生涯を思うと涙がとまらなかった。涙を拭って宮はしみじみと言った。

「美福門院様もお可哀そうなお方ですね。我が子を思うのは誰でも同じでしょうから」

西行と寂然は同時に頷いた。

高野山の秋の夜はしんしんと深まり、風が庵の上の木々の梢を吹き抜けていった。

秋は来ぬ年は半ばに過ぎぬとや

萩吹く風のおどろかすらむ
寂然

平家にあらずんば人にあらず

清盛の昇進は、平家一族に廟堂に進出する機会を与えた。長子重盛は正二位内大臣左近衛大将、その子維盛は従三位右近衛権中将、清盛三男宗盛は従一位行内大臣、四男知盛は従二位権中納言、五男重衡は正三位左近衛中将、清盛の弟経盛は参議正三位、清盛弟教盛は中納言、清盛弟頼盛は大納言になった。

九条兼実は、

「昨日小除目があって権中納言に平時忠が任ぜられた。権中納言が十人になったのは初めてのことである。昨年平宗盛が九人の例を開いた。さらに時忠が加わったために十人の例が始まった。未曾有のことだ」と嘆いた。

平家一族の栄達が、先例を無視した形で行われ、公卿たちの反感を買ったのである。

平家一門の廟堂進出は、白河、鳥羽、後白河の三代に亘る天皇の引き立てと、それに応えるだけの軍事、経済両面の力があったからだ。平家は早くから受領層の一員だった。清盛の父忠盛は、それで富を得た。清盛はそれを知っていた。受領は、官物、正税を都へ送れば、他は自分の自由にすることができる。清盛は一族一門の受領を増やしていった。それはまた、平家一門の受領たちの搾取の陰で泣く群小領主を増やすことであった。

平家の栄華を人々は揶揄半分にこう噂した。

「六波羅殿（清盛）のご一家の公達といえば、花族も英雄（ともに大臣大将家）も対等に顔を合わせ、肩を並べるものもない。そんなありさまだ。入道相国（清盛）の小舅平大納言時忠卿は、『此一門にあらざらん人は、皆人にあらざん人なるべし』と豪語した」

「平家にあらずんば人にあらず」と言い放った平大納言平時忠と、西行が初めて会ったのは、時忠が非蔵人（昇殿を許された蔵人見習）になった頃だった。時忠は十七歳だった。

西行が久安元年に亡くなった待賢門院追悼の歌を堀河局へ届けに、法金剛院にあった待賢門院の御所へ上がった時である。時忠は御所の警護に就いていた。

西行と知ると、時忠はおずおずと話しかけてきた。

「西行様、私に、是非歌の手ほどきをしてください」

時忠の真っ直ぐな眼差しを受けて、西行は答えた。

「いつでも、私の庵にいらっしゃい」

久安四（一一四八）年十二月、西行が都から高野山に入ると聞いた時、時忠は、このような雪の深い折に、何故高野山に入ることを思い立ったのでしょうか、都へはいつ戻るのですかという文を寄こした。

それに対し西行は、

雪分けて深き山路に籠りなば
　年かへりてや君に逢ふべき

（雪を踏み分けて深い山に籠りましたが、年があらたまりましたなら、また貴方にお会いしましょう）

という歌を贈り、時忠は、

分けて行く山路の雪は深くとも
　疾《と》くたち帰れ年にたぐへて

（山路の雪は深いかも知れませんが、年と連れだって早く帰ってきてください）

という返歌を寄こした。

その後、時忠は、姉時子が清盛の妻、妹滋子が後白河法皇の寵妃となってから権勢を振るい、清盛と共に平家一門の要となっていく。

妹滋子（建春門院）が応保元（一一六一）年に憲仁親王（高倉天皇）を産んでからは、時忠は次代の天皇の外戚として権勢を振るった。叙位・除目はすべて彼の手中にあった。「平家にあらずんば人にあらず」と言い放ったのは、彼の絶頂の時であり、平家の絶頂の時だった。

心猛く理つよき人である時忠は、後白河上皇の寵愛を受けた妹滋子が産んだ皇子（後の高倉天皇）の立太子を画策して解官され、二条天皇を呪詛したとして出雲に配流されたこともあったが、許されて帰京後は、順調に出世していった。勇み足もあるが実力もある男で、清盛に次ぐ平家一門の頭目となっていった。

一方、西行は、平家の領袖清盛や時忠と交わりながら、歌は歌、政《まつりごと》は政と見極めていた。歌の力。政の力。歌の力とは言葉の力、心の力である。政の力は、騒乱を治め秩序を取り戻す力、誰もが納得できるこの世を造る力である。

西行は、政そのものには関心はなかったが、人の生き方に心を寄せていた。清盛と時忠、この二人は、政と歌、両方を持って世を治めて欲しい、陸奥への旅で民や中小領主が朝廷や摂関家への貢租に苦しんでいることを見聞きしてきた。今は、平家一門の豪奢な生活の陰で民が苦しんでいる。現世の変りなさに、人間の性《さが》に対する諦念が心を占める。清盛殿、時忠殿は支配者としての道を突き進むしかないのだろう。たとえその先に滅びが待っていようとも。

一方、『梁塵秘抄口伝抄』を完成させた後白河上皇は、嘉応元（一一六九）年六月、法住寺で園城寺門徒覚忠らが戒師をつとめ出家得度して法皇となったが、権勢欲は衰えることを知らなかった。

西行、西国の旅へ

時は少し遡り、久安二年、安芸守に任じられた時、清盛は宮島に鎮座する厳島神社の神主佐伯景弘に強く勧められ、厳島神社への信仰を強めていった。その頃清盛は、父忠盛の後を受けて高野山大塔の再建を進めていた。その落慶供養の時、高野山の高僧に、「厳島神社を厚く信奉して社殿を整えれば、必ずや位階が進むでしょう」という進言を受けていた。

清盛は、推古天皇元（五九三）年に創建された厳島神社に、仁安三（一一六八）年に壮大な社殿を造営した。以来、厳島神社は平家一族の氏神となった。佐伯景弘は清盛の家人となり、西国経営の片腕となった。

さらに、清盛は瀬戸内海の水運や日宗貿易の湊として、輪田泊の困難な修復工事を成し遂げ、仁安二（一一六八）年からは毎年春と秋に、輪田浜で千僧供養が盛大に執り行われた。承安二（一一七二）年秋には、四国から帰っていた西行も招かれて読経し、その帰り、備前、備中、備後、周防をまわる西国の旅に出た。

厳島神社は、清盛の権勢を示すかのように、海の上に壮麗な姿を屹立させていた。弥山《みせん》の燃えるような紅葉、蒼い海、白い砂浜。西行は、厳島の自然の美しさに魅せられながら、旅の途中で出会った僧を思い出していた。僧は美作国勝田郡にある楢原寺の僧で、托鉢の旅を続けていると言っていた。経典にも優れ、様々な知識を持っていた。また、旅の途中の見聞きしたことなど、自らの考えも交えながら西行に語った。

「西行様は、摂津国輪田の千僧阿弥陀堂供養に招かれ、読経なさいましたね」

西行は、その時、法灯を掲げる者として清盛を称えた歌を詠んだ。

消えぬべき法《のり》の光の灯火《ともしび》をかかぐる
輪田《わだ》の泊りなりけり
（末法の世故に今にも消えてしまいそうな法灯の光を、ここ輪田の万灯会では夜通し盛大に灯し続けて勢いを盛り返している）

「ええ、そうでした。あのような盛儀は見たことがありませんでした。海を前にした御堂を囲んで、二万ともいわれる平家の公達と武将・兵卒が並び、堂内には、数知れぬ蠟燭が朱々と周りを照らし、仏壇には万宝が輝いておりました」

僧は西行の言葉に頷いて、少し厳しい顔になって言った。

「輪田浜で行われた千僧供養・万灯会は盛大だったと聞いております。その一方、伝統がありながら、閉山を余儀なくされた地方の寺や神社もあります。四百五十年前に建立された私の寺も、衰退の一途を辿っています。美作国も平家の知行国となっておりますが、決して裕福ではありません。国のため、天皇さまのためならば致し方がないと思うのですが、清盛殿、頼盛殿、平家一門の繁栄のために重い貢租を課せられています。その上、若者は、平家を守る兵として差し出さなければならない。港湾設備の夫役にも駆り出される。田畑を耕すのは老人か、女子供です。輪田の泊も、音戸の瀬戸も宋との貿易に利用するために造られたものです。宋との貿易で、平家は益々富を増やし、栄耀栄華を謳歌しています。その陰で群小領主は益々痩せ、飢えています。私は諸国を歩いて、彼らの苦しみを見てきました」

西行は胸を衝かれる思いで、旅の僧の話に耳を傾けていた。確かに清盛は、宋との直接貿易で巨利を得た。

清盛の屋敷には、「楊州の金、荊州《けいしゅう》の珠、呉郡の綾、蜀江の錦、七珍万宝、一つとして闕《かけ》たることなし」といわれるほどの宝玉が山積みとなっていた。他方、彼は中国の書籍も輸入した。その中で人々の耳目を集めたのが、宋で編纂された大百科全書『太平御覧』であった。摺本で、千巻にも及ぶ大書だが、宋船に積まれていたのは三百巻、それを清盛は買い求め家人に書写させた。宋貿易といい、『太平御覧』といい、彼がただの権力と金の亡者だけではない開明的な人物だったことの証左だ。

だが、西行はわかっていた。中小領主たちの苦しみを。十八歳の頃、従兄が奥羽の中小領主たちと朝廷に戦いを挑むと言った時の真剣な眼差しが思い起こされた。あの頃と諸国の事情は少しも変わっていない。いや益々悪くなっている。

また、北面の武士時代に清盛殿と話しあったことが、昨日のことのように脳裏に浮かぶ。清盛殿は、顕位という言葉を盛んに使った。武力ではなく人々を畏怖させる力。それが欲しいと。

今、清盛殿は、それを手に入れた。だが、清盛殿は、強いばかりの男ではなかったはずだ。人間に対する明察に富み、誰に対しても同じ心で接し、召仕えなどが過ってしたことなども大目に見て、他人の前では一人前扱いをする。小侍どもも、自分の夜具の裾に入れて寝かせたなどと聞いている。このように、どのような者に対しても情を持って接したので、宮中で敵をつくらずに順調に出世していったのだ。

清盛の近親者たちが清盛の出世を援けたのも事実だ。清盛は長女の婿に、保元の乱後の政界の実力者信西の三男成範を迎えた。この娘は生まれつき情け深く、絵筆をとっても名手との評判だった。彼女は紫宸殿の障子に『伊勢物語』の鳳凰を描いたが、その鳳凰が鳴いたといわれるほど上手であった。その上、みなが認める美貌の持ち主だった。夫の成範も桜花を愛する風流人で、自らを桜町中納言と称した。

清盛の妻平時子の妹滋子は、後白河上皇の目にとまり、彩色兼備の滋子は上皇の寵愛を受けて、応保元（一一六一）年に憲仁《なるひと》親王を産んだ。後の高倉天皇である。以来後白河上皇の滋子に対する寵愛は益々深くなり、仁安二（一一六七）年正月、局から女御へと進み、のち建春門院の院号を賜った。

このように清盛は親族に恵まれたが、彼自身も人々の好意を受けるべく、如才なく誰彼なく、親交を保ったのである。

西行は思った。清盛殿の優しさ、気配りは自分の周りの者に対してだけであったのだ。遠くの人々や民草に対する思いはなかった。

清盛殿、あなたは高い地位が欲しいと言った。そして手に入れた。だが今あなたが手にしているのは本当の顕位でも力でもない。富と地位が怜悧な貴方の目をふさいでしまった。地方の名もなき中小領主や民草を苦しめている清盛殿は、顕位という幻の中を歩いているに過ぎない。いつか貴方の地位にとって代わる人物が現われるに違いない。どうしてそれに気付けないのか。

僧は、西行が目に涙を浮かべ無言でいるのに気付き、そっと立ち去った。

第六章　平家滅亡

鹿ケ谷の陰謀

太政大臣となって間もなく、清盛は重病となりその座を辞した。そして、あわただしく出家し浄海と名乗る。仏の慈悲にすがって、浄土に旅立ちたかったのだ。

兼実は、「清盛の病気、天下の大事なり。此の人夭亡の後、いよいよもって衰退か」と案じた。清盛が亡くなれば、天下は乱れるだろうというのが宮中の雰囲気だった。

六条天皇を擁する天皇親政派が、後白河上皇の武力となっている清盛の死によって動き出す気配があった。しかし、二歳で皇位についた六条天皇は、仁安三（一一六八）年二月、在位期間三年足らずで退位し、叔父の憲仁親王が即位した。高倉天皇の誕生である。この事は、後白河上皇の意向と取沙汰された。歴代最年少で上皇となった六条上皇は後白河法皇の庇護下に置かれたが十二歳で崩御した。

また、清盛の原因不明の病は奇跡的に平癒し、彼の権勢欲は益々増大していった。病が現世への強い執着をめざめさせたのである。

清盛は、娘徳子を高倉天皇の後宮に入れて外戚の地位を得た。高倉天皇十一歳、徳子十七歳だった。承安元（一一七二）年のことである。公卿たちは、これには好感を抱かなかった。平家はいわば成り上がり者である。皇后、中宮を出す家柄ではない。このあたりの差別は厳然としてあった。

だが、清盛は人々の思惑など度外視した。

徳子の入内の次は、皇子誕生である。治承二（一一七八）年に徳子は皇子（後の安徳天皇）を産んだ。皇子は翌年直ちに東宮となった。徳子が東宮を腕に抱いて清盛の私邸を訪ねると、清盛は徳子から東宮を奪い取るようにして胸に抱き、一日中抱いて離さなかった。

「東宮はおじいさんに抱かれても少しもいやがらず、御指につばをつけて明障子に穴をあけられた。禅門（清盛）が教えると、教えたとおりにまた穴をあけられた。禅門ははらはらと涙を流し、この障子を倉の奥にたいせつにしまっておけと命じた」

清盛の涙には理由があった。二条天皇、六条上皇が相次いで崩御し、天皇親政派が影をひそめると、後白河法皇とその近臣は、清盛を敵対視しはじめたのだ。その折も折、高倉天皇の母で、平時忠の妹滋子（建春門院）が亡くなった。

高倉天皇、ひいては平家一門の立場は不安定となり、高倉天皇と院政継続を望む後白河法皇との対立は顕わとなっていく。しかし、安元三（一一七七）年三月、後白河法皇は、千僧供養のため、清盛が滞在している福原を訪ね、亀裂は修復されたかにみえた。

その後、比叡山の強訴に悩まされ続けた法皇はしぶる清盛に比叡山攻めを承諾させた。だがその翌日、法皇の近臣グループに清盛追討の陰謀があったことが発覚する。京都東山鹿ケ谷の奥、如意岳の麓にある俊寛の別荘に、法皇が最も信任していた権中納言藤原成親、その嫡子藤原成経、藤原師光、今様の名手の左衛門大尉平康頼、法勝寺執行俊寛らが集まって平家追討の共同謀議をこらし、成親が院宣と称して武士を召集しているというのである。この謀議は、多田蔵人行綱によって清盛に内通された。

陰謀の首謀者藤原成親の妹経子は、平重盛の正室であり、成経は平教盛の娘婿である。縁者が首謀者であったことが、平家一門にとって大きな衝撃だった。清盛は、後白河法皇近臣が加担していることで、法皇が平家の敵対者となっていることを思い知らされた。

藤原師光は斬られ、その子師高、師経は配流先で殺された。藤原成親は備前国に流された後惨殺され、成親の子成経、僧俊寛、平康頼は薩摩国の南の果て、喜界島に配流。

だが、近臣が粛清されたことで怯むような後白河ではない。これに対抗して後白河と摂関家は、平重盛が没すると、その子維盛が相続していた越前国の所領を没収、清盛の義理の孫で二位の中将藤原基通を飛び越して、関白基房の子藤原(松殿)師家を中納言に任じた。

激怒した清盛は、治承三年十一月、数千騎の武士を率いて入洛。関白藤原基房、太政大臣藤原師長、権大納言以下検非違使藤原信盛にいたる三十九名を解任し、平家一門と平家の関係者をこれに替えた。

後白河法皇は、今更ながら清盛の力を恐れ、

「これからは、世間沙汰のことはいっさい行わない」と告げたが、清盛は法皇を鳥羽殿に幽閉し、配下の武士に門を警護させた。

清盛がここまで強硬に出られたのは、娘徳子(建礼門院)と高倉天皇の間に皇子が生まれ、外祖父として政を握る地位を得たからである。清盛は、皇子の即位を急ぎ、治承四年四月、三歳の安徳天皇が誕生した。父高倉天皇は上皇となった。高倉上皇が院政を執ることになるのだが、実際は清盛の独裁政治だった。

清盛が朝廷での権力争いに終始している間、各地では平家打倒の機運が醸成されつつあ

った。

以仁王の叛乱

高倉上皇が、厳島神社の社参を終えて都に帰った治承四年四月、従三位源頼政は、息子仲綱らを率いて、三条高倉御所の以仁王《もちひとおう》に参向した。平家打倒の決意を促すためである。頼政は、平家全盛の時代に、源氏の武将として公卿に列せられた男である。平清盛の信任も厚かった。清和源氏に繋がる家系、それに弓を取れば、並ぶもののないという腕前で、歌人としても優れ、長老として宮中で一目置かれていた。

頼政は以仁王に言上した。

「平家の専横には目に余るものがあります。宮は、後白河法皇の第三皇子であられます。それなのに、平家の圧力で親王宣下もなく過ごされました。その上、この度は宮の所領まで没収しました」

以仁王は学問にも優れ、詩歌、管弦の道も極めていたが、これまで政《まつりごと》からは全く孤立していた。

「平家の専横は聞いておる。私の所領まで取り上げてしまうとは許しがたい。だが、父や朝廷は、平家には抵抗できないと思っているのではないか」以仁王は鷹揚に答えられた。

「みな反感を持っています。延暦寺、興福寺、園城寺や石清水八幡宮などの寺社は、かつては争っていましたが、今は団結して平家に対抗しています。ともかく、平家一族の傍若無人の振る舞いは目に余ります。従三位平宗盛殿は、私の嫡男仲綱が持っていた名馬を強引に差し出させ、この馬に仲綱と名づけ、馬の尻に仲盛と焼印を押して社交の場に連れていきました。あまりの侮辱です。このようなことは他にも聞いております。諸国の源氏、それにこの三月以来反平家勢力として連合した延暦寺・園城寺・興福寺の兵力を統合して挙兵したいと思います。宮、令旨をいただきたく思います」

平宗盛は清盛の三男だが、とかくその言動に問題があった。

頼政は、さらに続けた。

「安徳天皇が皇位に就いたことは、ご存じだと思います。このままでは、宮の皇位継承はありません」

「いや、私は政《まつりごと》より、歌の世界に生きたい」以仁王は言った。

しぶる以仁王に、人相見が上手な少納言藤原宗綱が、以仁王の人相を見て奏した。

「かならず国を受けるべし」

以仁王はこの時、三十歳になっていた。

頼政は、平治の乱で敗れた源義朝の弟源義盛を召し出し名を行家と改めさせ、諸国の源氏、熊野神社、園城寺などへ令旨を伝達させた。

令旨を受けた熊野では、平家方と以仁王方に分かれて合戦が行われた。平家方が敗れ、平家方熊野別当湛増が以仁王の謀反を知らせたのである。これを受けた六波羅では、以仁王追補の令を出した。その知らせを受けた以仁王は、女装して高倉宮を離れ、園城寺に逃れた。仲綱が同行した。

園城寺の衆徒は以仁王を奉ずることに決め、延暦寺、興福寺も同調した。それに、全国に散在する源氏、近江国の武者も多数、王に応じて立つ気配を示した。伊豆国の源頼朝の在所へも令旨は届いていた。しかし、予想より早く計画が発覚し、園城寺に立て籠った以仁王と頼政は、畿内近江の源氏を統合する間もなく、清盛側の諸寺の衆徒の切り崩しにあい、奈良興福寺へ逃れた。途中以仁王は落馬し、宇治平等院で休むことになった。平家軍は宇治平等院で追いつき、宇治川を挟んで合戦となった。頼政、子の仲綱、兼綱、満身創痍のなか、切腹して果てた。

頼政軍が平等院で平家軍を防いでいる間に、以仁王は南都に向かったが、平家の別動隊の矢を受けて亡くなった。

挙兵は失敗に終わったが、これまで京の警護を担う大番役として平家に伺候していた東国の平氏三浦義澄、東胤頼《とうたねより》が京から伊豆の頼朝の所へ走り、京都の情勢を伝えた。以仁王の令旨を掲げて源氏が挙兵するのに間はなかった。

地方における平家打倒の機運は高まっていたのである。だが、平家の公達には、その危機感が全くなかった。

福原御殿の大広間で、平家の公達が集まって話しあいをしている時、源頼政の敗死が伝えられた。

「頼政はもうろくしたか、清盛殿に楯突いて何とするか」

「そうよ、わが方は天皇の外戚だ。それに戦いを挑むとは、朝廷に弓を引くのと同じだ」

「まことに、あの年で戦を仕掛けるとは大阿呆じゃ」

口々に言い、どっと笑った。頼政は七十五歳になっていた。

兵をあげたのは、平家の専横に義憤を感じてのことだ。嫡子仲綱に対する宗盛の侮蔑も許し難かった。

捨て身の戦である。頼政は、平等院の戦いの時、甲冑を身に着けていなかった。

埋もれ木の花さく事もなかりしに
　身のなる果てぞ悲しかりける

歌人頼政の辞世の歌である。

福原遷都と京への還都

清盛は、治承四年五月二十六日、平等院での戦いがあった日の夕方、福原から京都へ入った。三十日には、突如として、安徳天皇、高倉上皇、後白河法皇が福原へ遷幸されると発表した。

洛中は大騒ぎである。

右大臣九条兼実は、「天狗の仕業だ」とののしったが、どうすることもできない。もともと平家に敵愾心を持つ兼実だが、後白河法皇とも距離を置き、どの勢力へも与《くみ》さなかった。

六月二日、天皇、上皇法皇の一行は、京を発ち、その夜、摂津大物に一泊した。だが、皇居の準備はなく、三日朝、安徳天皇は頼盛の家、高倉上皇は清盛の別荘、後白河法皇は平教盛の家、摂政基房は安楽寺別当の坊を宿所とした。

七月、福原の地に遷都されることが正式に決定され、発表された。

人々は先を争って新都に移り、京はたちまち荒野と化していった。誰もが行きたくはなかった。涙を流しながら、愚痴を言いながら、新都に赴いたのである。

雲の上や古き都になりにける

　　　　澄むらむ月の影は変らで

（福原遷都により京は古い都になってしまった。雲の上で澄む月は変わらないけれど）

西行はこの年、高野山を出て伊勢に草庵を結んだ。

この頃、高野山本山金剛峯寺と覚鑁《かくばん》和尚の建立した末寺伝法院との対立が続いていた。はじめは真言念仏の在り方についての宗論だったのだが、終わりには憎悪や嫉妬が絡んで、堂塔の焼き討ちにまで発展した。仏法を守る者たちの争いに心を痛めて、「御仏を忘れてはならない」と説いたが、本山の者ではない西行の言葉などに耳を貸す者はいなかった。

そして、伊勢の草庵で聞いた平家の福原遷都。

少し前、清盛が文を寄こしてきた。

「京にいれば近くにある南都、北嶺の寺々が煩わしい。公卿たちも政務に口を挟む。都を福原に移し、天皇と仏法を守る為の真の政を行いたい」と。

西行は反対だった。だが、返事は書かなかった。

それを言うなら、平治の乱で源氏を中央から駆逐した時である。公家社会に取り込まれ、勢力を拡大していった清盛が、今更遷都して武家による政を確立したいといっても、誰も納得しないだろう。

西行は嘆息した。西行と親交のあった頃の清盛と、今の清盛は別人としか思えない。野心家ではあったが、人の心もわかる優しさをそなえ、物事の理をわきまえた若き日の清盛はどこへいったのか。何が人をこう変えるものなのか。人間に対する諦観とは別に、今の清盛に憐憫の情さえ覚えた。

「人はおのれの力を過信した時に、滅びに向かって突き進む」と、西行は思う。


新都に着いてから一カ月もたたないうちに、平家一門の平宗盛、平時忠らが、京都へ帰ることを主張しはじめた。その上、延暦寺の衆徒が遷都をやめて欲しい、さもなくば山城、近江両国を占拠すると奏上した。

三男宗盛は、京に還るべきと清盛に進言した。

「父上、何故にみなが反対する遷都をなしたのですか。一刻も早く、京に還るべきです」

清盛は激怒し、激しい口論となった。

「何を今更。比叡山の圧迫を避けての遷都だ。彼らの要求に負けてなるものか」

「ですが、このままでは京も彼らに占拠されてしまいます。ともかく還るべきです」

日頃は優柔不断な宗盛がめずらしく言い張った。

「だまれ、今更還れるか」

激しい言いあいに、周りはおろおろするばかりだ。

親子の激しい口論の間にも、内乱の火の手は上がっていた。


興福寺と平家の和議は成立していたが、延暦寺とは未だ敵対関係にあった。

延暦寺から重ねて、京に還るべきとの奏上があった。

清盛は、ついに京都に還ることを延暦寺に伝え、十一月にこれを発表した。

京に還る前の十一月十一日、福原の新皇居に天皇が移り、二十日には豊明の節会を行なった。清盛としては、この節会だけは福原で行ないたかったのだ。そして、二十六日には、天皇、上皇、法皇、平家一門すべてが京都に還った。わずか六カ月の福原の都であった。

「一天の下、四海の中、緇素《しそ》（僧侶と俗人）、貴賤、道俗男女、老少都鄙《とゆう》、歓喜せざるはなし、この事、誠に衆人の怨を散じ、万民の望にかなう」兼実の日記である。

すなわち、「日本全国、出家した者もしない者も、男も女も、貴き者も卑しき者も、老いた者も幼い者も、京に還ることを喜ばないものはいなかった。みなの怨みがなくなり、万民の願が叶った」というのである。

福原遷都はそれほど不人気だった。

源頼朝の挙兵

治承四年八月十七日、源頼朝は以仁王の令旨を受け、伊豆国在庁（伊豆介）北条時政の後援のもと、源氏再興の旗揚げをした。伊豆の地で雌伏二十余年、頼朝は三十四歳になっていた。

伊豆国田方郡北条の豪族北条時政は、平治の乱で伊豆に流された源頼朝の監視役を担っていた。時政の後妻牧の方は、平清盛の異母弟頼盛の家臣牧宗親の娘である。時政は平家と密接であったのだ。しかし、彼は時勢の変転をいち早く察知した。頼朝の大将としての器量も見抜く俊敏な人物だった。娘政子が恋仲の頼朝に走ったこともあって、流人頼朝に賭けたのである。

頼朝の最初の標的は、伊豆国目代（現地担当官）山木兼隆である。三島大社の祭礼の夜、郎党たちが祭礼に参加して守備が手薄になった山木兼隆の館に攻め入った頼朝は、山木兼隆の首をあげた。山木兼隆は時政同様、頼朝の監視役を担っていた。

頼朝挙兵の知らせが福原に届いたのは九月二日だった。

だが、平家の公卿たちは、遠い伊豆国の叛乱など、気にも留めなかった。

頼朝が、兼隆の支配する伊豆国蒲屋御厨《かばやくりや》の目代中原知親の首をすげ替えるという宣言をしたと聞いて失笑して言った。

「伊豆国は時忠殿の知行地、御子時兼殿は国司だ。平家の軍勢が押し寄せれば、頼朝などひとたまりもない」

「そうよ、平家の力を見くびるのにもほどがある」

彼らの嘲笑を裏づけるように頼朝は、続いて起きた相模石橋山の戦いで、大庭景親、伊東祐親率いる平家軍に惨敗した。かろうじて山中に逃れた頼朝は、土肥実平の手引きで真鶴岬から安房国へ渡った。また、頼朝に味方した三浦一族も平家方の畠山重忠らに本拠衣笠城を攻められ敗走した。

しかし、内乱は次々と起こっていた。

治承四（一一八〇）年五月、熊野神社別当湛増は、新宮生まれの源行家が以仁王挙兵の令旨を諸国に発しているのに気付き、田辺勢を率いて源氏方の新宮勢や那智勢と戦った。しかし敗退し田辺に逃げ帰った。

湛増の父湛快は平家の支援のもと、熊野別当家における田辺別当家の政治的立場を強固なものにし、権勢を振るっていた。湛増自身も若い頃から京都へ頻繁に足を運び情報を得、平家の公達たちとも交わりを持った。十月に第二十一代熊野神社別当に補任された湛増だったが、父の代から恩義のある平家に背き、最終的に源氏に付く決断をした。親平家が多かった熊野の人々の前で紅白の闘鶏を行ない、神慮を占った末の決断だった。

同じ十月、甲斐源氏武田信義が以仁王の令旨を掲げて挙兵し、駿河に侵攻していった。

一方、安房国平北郡猟島に逃れた頼朝は、先発していた三浦一族と合流し、これを地元の豪族安西景益《あんざいかげます》が迎い入れた。九月十三日、三百騎を率いて安房国を発ち、下総国府に入る。千葉常胤《つねたね》が一族を率いて頼朝を迎え、十月九日、武蔵国と下総国の国境隅田川に達すると、上総・下総両国に広大な領地を有する上総広常が大軍を率いて参陣した。

頼朝挙兵を嘲笑した平家方は、追討軍の編成が思うように進まなかった。清盛嫡孫平維盛、清盛異母弟平忠度《ただのり》、清盛七男平知度《とものり》らによる追討軍が京を出発したのは、頼朝挙兵の報を受けてから二十七日が経った九月二十九日のことであった。追討軍の編成に手間取っている間に、頼朝は坂東で大軍を編成し、甲斐国では甲斐源氏が、信濃では木曾義仲が挙兵した。

追討軍は平維盛を大将に、進軍しながら諸国の駆武者をかき集め、十月十三日には駿河に入った。しかし、所詮寄せ集めの集団であり、折からの西国の飢饉で兵糧にも事欠き、士気は低かった。富士川の西側に布陣するが、四千騎のうち二千騎が脱走して戦闘意欲はかなり低下し、奇襲に対してもかなり神経質になっていた。

これに対し、甲斐源氏の武田信義、信義嫡男一条忠頼、甲斐源氏始祖源義光曾孫の安田義定らは、甲斐国と駿河国の境鉢田山の戦いで、平家側の駿河国目代橘遠茂、長田入道忠致らを破り、駿河は甲斐源氏の手中に落ちた。その後、甲斐源氏武田信義の兵たちは、富士川の東側を進軍していった。

一方、頼朝は、十月十六日、鎌倉を発って、駿河国駿東郡清水黄瀬川《きせがわ》宿に布陣し、富士川の合戦に臨んだ。

十月二十日、武田信義、源頼朝の東軍と平維盛の平家軍とは富士川を挟んで対峙した。

その夜、突然平家軍が撤退しはじめた。水鳥の大群が一斉に飛び立つ音を、敵の襲撃と間違えたのである。

武田信義軍が背後から平家の部隊を攻撃するため、浅瀬を馬で渡ろうとした時だった。

平家軍は大混乱に陥った。

兵たちは弓矢、甲冑、すべて投げ捨てて逃げ惑い、他人の馬にまたがる者、杭につないだ馬にそのまま乗りぐるぐる回る者、裸足で逃走する者、みな我勝ちに逃げ出した。陣に集められた遊女たちの中には、馬に踏みつぶされた者もいた。平家軍は遠江国まで退却したが、軍勢を立て直すことはできず、わずか十騎で京へ逃げ帰った。

清盛は激怒した。

「追討使を拝命したものは、その日から命を君に捧げたのと同じだ。たとえ軍がやぶれて屍を敵陣に晒しても恥ではない。追討使を拝命したものが、負けて帰洛したなど聞いたことがない。京には入ってはならぬ」と命じたが、いかんともしがたい。

追討軍の壊滅は、京近郊の反平家勢力を力づけた。

源義経参戦

十月二十一日、近江では、浅井郡の近江源氏山本義経、甲賀入道柏木義兼兄弟が蜂起し、近江国を占拠した。水軍をもって琵琶湖を押さえ、小舟や筏を使って瀬田に浮橋を架け、北陸道からの運上物を差し押さえた。

同じ二十一日、富士川で勝利した頼朝軍は、駿河国黄瀬川の宿に到着した。

宿で休んでいる頼朝に、面会を求める一人の青年がいた。頼朝の側近の土肥実平や土屋宗遠は怪しんで取り次がなかった。

青年の話を聞いた頼朝は、

「して、その青年はいくつくらいか」

実平は、

「二十歳前後とお見受けしました」

「それは、もしや、我が弟の九郎義経かもしれぬ、此処へ通せ」

現われたのは、小柄で色白だが、目つきも行動も敏捷な青年だった。

「そなたが、九郎か」

「はい、九郎義経にございます」

「鞍馬を出奔して、奥州秀衡殿の所にいるとは聞いていたが、よう駆けつけてくれた」

「はい、秀衡殿の強い勢力を頼み、奥州に下向して多くの年月が過ぎました。兄者が源氏再興の宿望を遂げるべく立ち上がったと聞き、こうして駆けつけました」

「そうか、秀衡殿はよくゆるしてくれたのう」

「秀衡殿は、はじめ反対でした。ですが、私が黙って平泉を出ると、佐藤継信、忠信兄弟の勇士を派遣してくれました」

継信・忠信兄弟は、秀衡の家臣、信夫郡司佐藤基治の子である。

頼朝は複雑な気持ちだった。義経の背後に奥州藤原氏がいることは、脅威であった。

「九郎、戦功を期待しているぞ」

「兄者のために戦います」

義経は口ではそう言ったが、自分は頼朝の旗下にいるのではない。源氏の一族として同等であるという自負を持っていた。

しかし、頼朝にとっては、自分を大将軍と位置づけ、それを周りに認めさせる必要があった。

東国では、諸国の源氏が互いを牽制しつつ勢力を競っていた。信濃に挙兵した木曽義仲は、東山・北陸道に進出、東海道の源行家、遠江・甲斐には甲斐源氏、常陸には信太《しだ》義広《よしひろ》など、群雄割拠の状態だった。

義経には、政や戦のことはわからない。ただ、平治の乱で殺された父義朝の無念を晴らし、河内源氏のために戦いたいだけである。

西行、清盛を案ず

西行は、打ち続く内乱に心を痛めていた。何故人は争うのか。何故、人は覇者となりたがるのか。西に東に戦のない所はない。戦死者は数知れぬ。みな、親も子も妻もいる男たちだ。特に富士川の合戦に敗れた平家の行く末に心を痛めていた。

死出の山こゆる絶え間はあらじかし
　　　　亡くなる人の数つづきつつ

(戦によって死出の山路を越えていく人がなくなることはないのであろうか。今日もまたそこかしこで、戦で死んだという話を聞くにつけて)

西行の心配したとおり、富士川合戦で壊滅した平家軍の立て直しは容易ではなかった。清盛は、福原京の経営と、還都の時期を決めるのに必死だった。

右大臣九条兼実は、近江源氏が京に攻め入るという情報を耳にしていた。常日頃から清盛によい感情を抱いていなかった兼実は、

「今になっても追討使の沙汰もなく、清盛殿は少しも驚いた様子もない。平家の命運も既

に尽きたのだろう」と密かに思った。

確かに、延暦寺の圧力に屈して遷都をなしたことは、平家の威信を下げたばかりか、平家に圧迫されていた諸国の在地領主の蜂起を促した。還都の翌日、延暦寺の堂衆が近江源氏に与力することを知らされた。

延暦寺が背いた次の日、清盛の異母弟平経盛の知行地若狭国の有力官人が近江源氏に呼応して平家に背いた。


西行は、伊勢二見の安養庵で、天皇、上皇、法皇、平家一門をあげて福原から京に還ったことを知らされた。そして、各地で反平家の狼煙があがっていることも。

「地位は人を狂わすか」、清盛のことを思い、深い嘆息に沈んでいた。内乱の状態が続いている時に、都を移したり遷したりする清盛殿は、尋常とは思えなかった。

あれほど、冷静で知略に長けた清盛殿はどこへ行ってしまったのか。

世の中を動かすのは弓矢の力だけではない。言葉の力、人の心に働きかける力が必要なのだ。今の清盛殿は、それを何処かに置いてきてしまっている。

さらに奥州藤原氏が、平家に与力するという噂を聞いた。そんなはずはない。六波羅が放った偽りの情報だと西行は直感した。確かに、初代清衡は、清盛の伊勢平氏とは系統は違うが平氏の娘を妻にした。また、奥羽側から言えば、源氏は常に奥州への侵略者であった。特に、頼朝の祖先の河内源氏二代頼義、三代義家は、奥羽を我が物にしたいという野望を持って奥羽へ侵攻した。その戦乱で奥羽の人の命がどれだけ失われたか、国土がどれだけ疲弊したか。その事を、秀衡殿が知らないわけはない。河内源氏には怨念がある。だが、九郎義経が奥州藤原氏を頼って下向した時、義経を受け入れた。そこにどんな考えがあったのかはわからない。しかし、基衡殿、秀衡殿は西行にはっきりと言われた。平泉から出ないことが、奥州藤原氏が生き残る唯一の道ですと。その言葉に嘘はないと西行は確信している。基衡殿は既に亡いが、秀衡殿は戦だけはしないと。

しかし、平泉が与力するという虚偽の知らせを放つほど、平家側は逼迫しているのだ。その事が西行の心を暗くした。若い頃から交流のあった清盛、時忠に対する感情は、彼らの生き方を批判することとは別のものだ。

十二月に入って、緒戦は平家有利に進んだ。だが、事態は容易《たやす》いものではなかった。

十二月十日に、兵糧米を諸国から徴発し、十三日には、左右大臣を除く公卿及び受領に兵の供出を命じた。十八日、清盛は後白河法皇の幽閉を解き、再び政務を執ることを懇願し、讃岐、美濃を知行国として献じた。政務を法皇に返した平家は、最後の力をふりしぼる。南都討伐を決定し、二十五日、清盛五男平重衡を大将として進発、二十七日には河内路と山城路から南都を攻撃、決戦を挑んだ。

興福寺は兵六万をもって抗戦したが、平家軍は寺々に火を放った。折からの強風にあおられて、東大寺、興福寺の堂塔、僧坊はことごとく焼け落ちた。

東大寺大仏殿は数日に亘って燃え続け、盧舎那仏（大仏）もほとんどが焼け落ちた。この戦いは平家が一応勝利したが、平家方についていた寺院までも完全に敵にまわしてしまった。南都焼き討ちの総大将平重衡は、後々まで南都の衆徒たちの憎しみの対象となった。前年の治承三年には、朝廷内の調整役を担っていた嫡男重盛が胃病で亡くなり、清盛の立場は危ういものになっていた。ここに至って、南都の寺々まで完全に敵にまわしてしまったのだ。

こうして、安徳天皇の践祚で始まった治承四（一一八〇）年は、清盛にとって四面楚歌のうちに終わった。

清盛の死

年が明けて治承五年一月十六日、清盛は、畿内および、近江、伊賀、伊勢、丹波などの国司に武勇の誉れ高い者を任命し、その上に管領を置いた。すなわち軍政を敷いたのである。

しかし、その効果もわからないうちに、清盛は病に倒れた。高熱と頭痛に悩まされ、死期の近づいたことを知った清盛は、安徳天皇の蔵人左少弁藤原行隆を召して、

「天下のことは宗盛の命を第一とせよ」と命じ、三男宗盛に後を託した。

清盛は苦しい息のなか、こう言い残した。

「我が平氏の栄華は、子々孫々までに受け継がれるだろう。この世に思い残すことはない。追善の儀など執り行なうな。供養と称して寺など建ててはならぬ。それよりなにより残念なのは、あの朝敵源頼朝の生首を見ないで死ぬことだ。頼朝追討の軍を組織し、直ちに伊豆へ参れ。一時も早く頼朝の首を刎ね、我が墓に掛けるのだ。それこそがこの私を供養し、孝行する道だと思え」

二月四日、清盛は逝った。

九条兼実は、使いを送って弔意を表したが、

「去々年の後白河法皇幽閉、去年の南都攻撃は、天意、仏意に背いたものである。本来ならば戦場に骸をさらすべきであるのに、弓矢刀剣の難を逃れて病床で死んだのは運が良

い」と、日記に書いて清盛を非難した。

清盛葬送の夜、六波羅の南にある法住寺殿景勝光院から、今様乱舞の声が聞こえてきた。二、三十人の殿上人が集まって、「うれしや水鳴るは滝の水、日は照るとも絶えずとうたり」と謡い、舞い、どっと笑っている。

清盛の重圧からやっと解放されたのだ。

清盛のもとで権勢を振るった五条大納言藤原邦綱も、後を追うように逝った。


西行は、清盛の死を心から悼んだ。自分と同じ六十四歳。北面の武士として同期だった頃の若き日の清盛を思い出していた。精悍な清盛の横顔を。「私は顕位が欲しい。世を変革する力が欲しい」と熱っぽく語った時のきらきらとした眼差しを。

話したいことがたくさんあった。だが清盛は、彼のいう顕位を手にした時から西行の手の届かない所へ行ってしまった。

時忠殿、知盛殿、重衡殿、維盛殿、それに様々な折に見知った平家の武将たちは、今どのような思いでいるのだろうか。

源平合戦

平家は清盛追善の供養を行なう間もなく、美濃に進軍してきた頼朝の叔父源行家率いる源氏軍を美濃国と尾張国の国境付近を流れる墨俣川（長良川）で迎え撃った。行家は夜間の奇襲を試み、夜明けに川を渡ったが、平家軍に気付かれ大敗した。頼朝が送った異母弟義円率いる援軍も敗れ、義円をはじめ、尾張源氏源重光、大和源氏源頼元、頼康ら、多くの者が戦死した。行家軍は熱田に籠もったが追撃され、矢作川まで撤退し、反平家勢力は後退せざるを得なかった。

頼朝は、この形勢に動こうとはしなかった。

養和元（一一八一）年から翌年にかけて旱魃が続き、全国的に大凶作だった。餓死者は路傍を埋め、源氏も平家も兵糧米の調達に苦しんだ。戦いができる状態ではなく、休戦状態となった。

寿永二（一一八三）年四月、平家一門は、総力を結集し平維盛を総大将とした十万の大軍で北陸道に侵入し、木曾義仲を攻めた。しかし、加賀と越中の国境倶利伽羅《くりから》峠で義仲軍の奇襲に遭い、大敗した。義仲軍はあらかじめ、股肱の臣で、木曾四天王の一人樋口兼光に退路を押さえさせておいて、平家軍が寝静まった夜中、大音響とともに襲撃をかけた。

あわてふためいた平家軍は退路をたたれ、倶利伽羅峠へ逃げた。しかし、そこは深い谷を持つ断崖絶壁だった。多くの兵がここで命を落とした。以後、平家軍は北陸道と東山道から攻め上がった義仲軍と源行家軍に追われるように京に入り、後白河法皇と安徳天皇を奉じて西国へと向かった。しかし、法皇は比叡山へ逃れ、維盛は安徳天皇と建礼門院を擁し、六波羅に立ち並ぶ平家一門の屋敷を焼き払って、京を後にした。

平家が都落ちした翌日、後白河法皇は、京都に残る公卿を比叡山に召して、山上にて平家追討のことを諮った。

木曾義仲は、平家の後を追うように上洛する。しかし、飢餓と戦乱で荒れ果てた京の町での田舎武者の義仲軍の狼藉は、町衆の怨嗟の的となった。

比叡山から都に帰った後白河は、義仲、行家を召し、平家追討を命じた。ついで新帝即位の議を進めた。高倉天皇の第四子尊成《たかひら》親王を立てた。後鳥羽天皇である。これによって、安徳天皇も平家も京へ還る道を断たれた。

義仲が山陽道へ進んで平家と合戦をしている隙に、頼朝は後白河法皇と連絡をとり、十月には、東海、東山、北陸三道の支配権を手に入れた。木曾義仲は武勇のものではあったが、政治力も、外交戦術も、頼朝には遥かに及ばなかった。西下した義仲軍は、軍紀が緩み、兵糧にも事欠いて、備中水島で平家の反撃に遭い、京に逃げ帰った。しかし、義仲の不在中、後白河法皇は頼朝との提携を成し遂げていた。法皇は頼朝の上洛を促し、義仲を追討する策をたてていた。

義仲は十一月十九日、法皇の御在所法住寺殿を焼き討ちし、法皇を幽閉した。義仲は院方の延臣四十九人の官職を解き、翌年には征夷大将軍を拝して政権を握った。

しかし、頼朝が、東国の年貢を運上するという名目で西上させた弟の範頼軍・義経軍が京に迫り、義仲は宇治、瀬田での合戦で敗れ、近江粟津で戦死した。寿永三年一月のことである。一方、水島の戦いで義仲を破って勢いを得た平家は、根拠地摂津福原に陣を敷いた。瀬戸内海の制海権も手中にし、都挽回も夢ではなかった。

後白河法皇としては、以前のように源氏と平家の両方を自分の臣下に置くことを願っていた。しかし、頼朝はあくまでも平家追討を主張した。

寿永三年一月二十六日、頼朝の要求に屈した法皇は、あわただしく平家追討の院宣を下す。この日から、源氏が官軍で、平家が賊軍となった。二十九日、範頼・義経軍は平家追討の宣司を受け、京都を出発した。義経の軍勢は、摂津・播磨・丹波の国境にある三草山で、重盛二男平資盛率いる遊軍を破り平家軍に迫った。平家の軍勢数万。二月四日に清盛の三回忌を営むために、播磨と摂津の境にある一の谷に集まっていた。

摂津国に到着した源範頼と義経は、七日の卯の刻（午前六時）を鏑矢《かぶらや》合わせ（戦闘開始）

の時間と決めていた。大手の将軍は源範頼。これに従ったのが、小山朝政、武田有義らの軍勢五万六千余。搦め手の将軍は源義経。これに従ったのは、安田義定、大内惟義、山名義範、土肥実平、三浦義連、熊谷直実、熊谷直家以下の二万騎。

義経は、七日寅の刻（午前四時頃）、七十七騎を二つに分け、熊谷直実、平山季重らを一の谷の海側から平家の館を襲撃させ、一の谷の後山の鵯越《ひよどりごえ》に向かった。そこから見下ろすと、平家の城郭が聳え立っている。鵯越は獣しか通わないといわれているが、その急峻な坂を一気に下りて、平家に襲いかかった。平家は敗走し、平重衡は馬を射られて捕えられ、平宗盛らは船で四国に逃れた。

この時、平家側は、和平交渉の院宣が届くというので、院使を待っていたところを急襲されたのである。

義経自身が、この和平交渉の院宣を知っていたのか知らなかったか。とにかくこの不意打ちで、平家側は千人余が斬られた。

清盛弟平忠度、清盛弟経盛四男経俊、六男敦盛、清盛弟教盛嫡男通盛、三男業盛、清盛弟知盛嫡男知章、それに平家の侍大将で清盛政所の別当を務めた平俊盛ら、平家一門や郎党の多くが一の谷で討死したのである。知章、敦盛、ともに十六歳の少年だった。

義経の評判は、都で日ごとに高まっていった。義経は知略を巡らすことはできないが、「戦いは攻めるのみ」と自ら言うように、勇猛果敢な戦いぶりは、先祖の源義家を彷彿とさせた。もっとも義家のような大男ではなく、小柄な優男だった。

ともかく、京の人々にとって、都の治安を守ってくれる人物が最も必要とされていた。平家の残党や義仲軍も壊滅はしていなかった。また、戦乱の隙をついての強盗・強奪などが頻繁に起こっていた。義経は、これらの期待に応えると共に、畿内近国の支配権の行使を頼朝から与えられたのである。

しかし、頼朝は方針転換をし、義経を平家追討使に復帰させ、畿内近国の代官に新たに鎌倉から二人の家人を送り込んだ。一人は典膳大夫《てんぜんたいふ》中原久経で、一人は近藤七国平である。久経は文筆をもって頼朝の父義朝に仕えた郎党であり、国平は武勇の誉れが高い実直な人物だ。二人は、義経が平家を追討している間、京や近隣諸国の治安維持の役目を担った。

平家の滅亡

一方、一の谷で大打撃を受けた平家は、讃岐屋島に逃れ再起を図った。総大将平宗盛は、屋島に城郭を築き本陣とした。また、平知盛は関門海峡の彦島に陣営を固めた。こうして平家は、東は淡路・讃岐から西は長門・西九州までの制海権を握った。この間、水軍を持たない源氏軍は、畿内、山陽の陸地の確保に努め、伊賀・播磨・美作・備前・備中・備後などに頼朝の家人を派遣し、平家追討に参加することを説得し、鎮西まで手を伸ばした。

半年が過ぎた。

元暦二（一一八五）年二月十七日、義経が坂東の軍勢を率いて讃岐国へ赴く途中、摂津の渡辺津から船出しようとして、暴風雨となった。

随行していた後白河法皇の近臣が義経を諌めて言った。

「大将軍たるもの、第一陣を行くべきではない。まずは次将を派遣すべきであろう」

「私は戦に生命を賭ける覚悟であり、第一陣を行くのが常だ」義経は答えた。

「戦は、攻める時は攻め、退くときは退いて、身を全うするものであり、ただ攻めるばかりはいのしし武者と同じである」と近臣は反論した。

義経は怒って言った。

「戦は、ただ攻めに攻め、勝つのが心地良いのだ」

合戦に勝利するには、一気に敵を追い詰める必要がある。身を全うすることを考えていては勝利はおぼつかないというのが義経の考えであった。兄頼朝が、すべてに目配りしてことこまかに指示するのとは正反対だ。

船頭たちは、暴風雨に怯み出航を拒んだ。義経は、水手、舵取に、船を出さなければ殺すと脅し、嵐の中五隻で出航し、二月十八日丑の刻（午前二時頃）、阿波国の勝浦に着いた。そこから昼夜の行軍で屋島に着いたのは、二月十九日辰の刻（午前八時頃）。

屋島の向かいの浦に達すると、海辺に面する民家を焼き払った。驚いたのは平家軍である。祖母の二位尼《にいのあま》（平時子）とともに安徳天皇の乗った船は海上に出た。平宗盛も一族を引き連れて船に乗った。義経軍はさらに、佐藤継信、忠信、後藤実基らが屋島の内裏や宗盛の館に火をつけた。これを見た平家軍は、船から降り海辺に殺到して、合戦となった。

この合戦で、奥州藤原氏秀衡が義経に付けた郎党佐藤継信・忠信のうち、兄継信が、義経の身代わりとなって討死した。

平家随一の精兵である清盛の甥平教経《のりつね》が、義経を射落とそうと狙った。その前に立ちはだかったのが佐藤継信だった。矢は継信の弓手《ゆんで》の肩から馬手《まて》の脇まで射抜いた。義経は、継信を陣の後方に担ぎ込ませ、その手を取って言った。

「わが身に代わって矢を受けてくれた。礼を言う。何か言うことはないか」

「主君が世の中で栄達するのを見ずに死ぬことが心残りです」

「身代わりになってくれたそなたのことは生涯忘れぬ。必ず天下を取って、そなたの功績が末代まで語り継がれるよう尽力する」

血の気が引いていく継信の貌に、かすかな笑みが浮かんだ。義経は継信を抱き起こしながら、鎧の袖に顔を当てて、さめざめと泣いた。思えば、平泉の秀衡がその郎党の佐藤継信、忠信兄弟を、義経の家来に付けてくれたのだ。あだやおろそかにできぬ。

義経は僧を探させ、懇ろに弔い、その僧に、鵯越の坂落としを行なった名馬大夫黒を与えた。継信の弟忠信をはじめ兵たちはみな涙を流し、改めて義経への忠誠を誓った。


平家軍は屋島で大敗し、海上を西に走り、平知盛の拠る彦島に集結した。しかし、平家に属していた瀬戸内海の水軍の多くが源氏に寝返ったことから、命運は尽きていた。

三月二十四日午の刻（正午頃）、平家は彦島を出て、義経の水軍に決戦を挑んだ。決戦の場所は、長門国赤間の関壇ノ浦の海上。

平家は千余隻を三手に分け、一陣は鎮西一の精兵山鹿兵藤次秀遠で五百隻、二陣の松浦党が三百余隻、三陣の平家の公達が率いるは二百余隻。源氏方は千余隻で、相模三浦三崎に拠る三浦水軍、伊予の松山を本拠とする河野水軍、それに、義経の引き立てで、平家追討使に任命された熊野神社別当湛増が率いる熊野水軍二百隻。平家と源氏の水軍は海上二十余丁の間で向かいあった。

平家方中納言平知盛が甲板に出て、大音声を張り上げた。四男知盛は清盛が最も頼りにし愛した息子だ。長男重盛は早逝し、三男宗盛は、武将にしては決断力のない男だった。知盛は下知した。

「ならびなき名将・勇士といえども、運が尽きれば致し方ない、しかし名は惜しい。命はいつ惜しむべきか。ものども少しも退く心あるべからず、力の限り戦うのだ」

また、上総悪七兵衛伊藤景清が、

「坂東武者は騎馬戦では一人前の口を利くが、舟戦では、魚が木に登るようなものだ。一人一人とっ捕まえて、海に漬けてやれ」と舟戦に弱い坂東武士の悪口を言う。

景清は、悪七兵衛という名前が表すように、平家の勇猛果敢な武将だった。

また、越中次郎兵衛平盛嗣は、

「同じ戦うなら大将軍九郎義経と組み合え、義経は色白で出っ歯の小男で、やたらとすばしこい。鎧と直垂をいつもつけているから、見分けにくいから気をつけろ」と義経の悪口を言い放って気勢をあげた。

門司赤間の壇ノ浦は潮の流れが速い。

はじめ、西から東に流れる潮流に乗った平家が優勢だったが、潮流が逆流しはじめ、源氏に有利となった。源氏軍は、舵取、水手に弓の的を合わせて射、船の漕力を失わせる戦術に出た。平家軍は進退の自由を失い、壇ノ浦に追い詰められていった。その上、渚に陣を張る源氏の弓勢にはさみうちにされる。すると平家水軍の主力だった四国、鎮西の水軍が、次々と源氏方へ寝返った。

申の刻（午後四時頃）、平家の総大将平知盛は、一門に最後の覚悟を促した。

二位尼が天叢雲剣《あまのむらくものつるぎ》を抱き、平教盛の妻按察局《あぜちのつぼね》が安徳天皇をしっかり抱きしめた。

安徳天皇は「尼、吾を何処へ連れていこうとしているのか」と二位尼に尋ねた。

「極楽浄土とてめでたき所へお供して参ります。浪の下にも美しい都はあります」と尼は答えた。「尼と一緒なら何所へでも行く」天皇は八歳。都のある東へ手を合わせ、西方浄土へ旅立つことを願って西に向かって祈りを捧げ、二位尼、按察局と共に海に沈んだ。父高倉天皇に似て凛々しく美しい少年だった。天皇の母建礼門院は入水したが、摂津の渡辺党源五馬允番《げんごうまのじょうむつる》の熊手で救い上げられ、按察局も鎌倉武士に引きあげられた。

総大将平知盛は「見届けるべきものはすべて見届けた。もう何も思い残すことはない」と乳母子の伊賀平内左衛門家長とともに海に沈んだ。知盛嫡男知章は、一の谷で既に討死していた。

高倉天皇第二皇子守貞親王は救出され、前内大臣宗盛、平大納言時忠など、三十八人が捕らえられた。

平家は滅亡した。夕暮の壇の浦に平家一門の旗である赤旗が千切れて、龍田川に浮かぶ紅葉葉のように漂っていた。あちこちに主のいない船が風に吹かれ潮に流され、行くあてもなく揺れていた。

西行が平家の滅亡を知らされたのは、伊勢の草庵だった。
二、三日、外に出る気にもなれなかった。そんな主の憂いを助長するかのように、伊勢の山里では、名残の桜の花びらが風もないのにハラハラと散っていた。

世の中を思へばなべて散る花の
　　わが身をさてもいづちかもせん

（世の中の道理を思えば、おしなべて散る花のよう。そんな我が身をさてどこへ行くと思えばいいのだろう）

平家の栄華の時を知っている西行には、そのすべてが幻と思えた。現実にあったこととは思えなかった。あの人たちはこの世に生きた人たちなのか。あの栄耀は、本当にあったことなのか。賀茂の河原の東、五条から六条に立ち並んでいた六波羅屋敷の壮麗な佇まいや、紫宸殿の前庭に勢ぞろいした若武者たち。白菊にたとえられた宗盛殿、牡丹の君といわれた重衡殿。光源氏の再来といわれた維盛殿。笛の名手の美少年敦盛殿、平家の公達の美々しい姿は夢幻だったのか。

いや、現世は幻なのだ。幻に縋って私たちは生きている。今という時も、桜の花びらのように儚く消えていく。万物揺落。この世の理《ことわり》だ。今という時はないのだ。

西行が住む庵の桜花は、昼も夜も絶え間なく散っていた。

第七章　義経と頼朝

義経入洛

平家の終曲はまた、河内源氏鎌倉幕府への序曲であった。

平家滅亡の報が京に届いたのは元暦二（一一八五）年三月二十七日。義経から後白河法皇に報告があったのは、四月三日。後白河法皇は大変喜び、その日のうちに勅使を派遣し、義経の功績を讃えると共に、三種の神器の回収を求めた。

鎌倉には、四月十一日未の刻（午後二時頃）に知らせが届いた。その日は、頼朝・義経の父である義朝の霊を弔う勝長寿院の柱建ての日で、頼朝はその場に臨んでいた。義経の右筆中原信康が記録した壇ノ浦合戦の記録を頼朝の側近の大和判官代藤原邦道が読み上げると、頼朝はそれを手に取りくるくると巻いた。そして、鶴岡八幡宮の方に向いてしばらく何も言わなかった。

頼朝の胸中に去来したものは、義経の意外に早い戦勝であり、その勝利の大きさだった。義経に対する警戒心と対抗心が、勝利の喜びよりも頼朝の心を大きく占めた。

源氏の棟梁は自分である。義経は一介の武将に過ぎないと改めて心を引き締めるのだった。

戦後処理の問題が審議された。頼朝は様々な指示を出した。鎮西にいる範頼には、しばらく留まって没収した平家所有地の現状を詳しく調べること、義経は捕虜を連れて上洛するようにという指示が出された。

一方、京では平家追討は義経の功であるというのが、おおかたの見方だった。義経は凱旋将軍として入京したのである。

四月二十四日には、三種の神器のうち、八咫大鏡《やたのおおかがみ》、八尺瓊勾玉《やさかにのまがたま》が摂津の今津浜に到着し、京では、朱雀大路、六条大路、大宮大路を経て待賢門から大内裏に入り、皇居の朝所に安置された。

その間、大夫判官義経は、鎧を着て供奉した。捕虜の平宗盛、平時忠は、義経の六条室町邸に入った。

しかし、後白河法皇は、四月二十七日、前内大臣平宗盛を捕えた勲功により、頼朝を従二位に叙した。後白河の策略である。宗盛を捕えたのは義経である。しかし、頼朝は源氏の棟梁である。後白河は、この兄弟のどちらも引き立てたのだ。

一の谷の合戦後、後白河法皇は、義経を検非違使・左衛門少尉に任命し、ついで従五位下に叙し、さらに昇殿を許した。頼朝には納得のいかないことだった。だが、壇ノ浦の合戦の直接の功労者は義経であったのだが、頼朝を従二位に叙した。

両者を牽制させることが、後白河やその側近たちの狙いであった。義仲が滅び、源行家に実力はなく、鎌倉の頼朝だけが勢力を伸ばしている状況は、彼らにとって望ましいものではなかった。

頼朝にとっては、御家人武士の生殺与奪を自らの手に持つことが目的であり、朝廷の介入は望ましくなかった。頼朝の許可なく兵衛尉、衛門尉《えもんのじょう》、馬允《うまのじょう》などの官職についた東国の武士二十五名に対し、尾張・美濃の境墨俣川以東への下向を禁止した。この二十五名には義経は含まれていない。

禁止令の対象になった有力御家人たちは、

「義経殿は何故、不問にふされるのか」と不満や反感を募らせた。頼朝の思う壺である。

その頼朝におもねるように、異母弟範頼や御家人の梶原景時から、義経の専横ぶりの情報が届く。頼朝は密かに使者を送り、畿内西国に在る御家人たちに、「義経の命令には一切従ってはならぬ」と申し渡した。

腰越状

義経には、兄頼朝の思惑や気持ちを推し測るなどという気質の持ち合わせはなかった。後白河法皇が褒めたように、兄も己が戦功を誉めそやすと思っていた。

五月、義経は、清盛三男で前内大臣の宗盛ら捕虜を護送して鎌倉に下ってきた。しかし、鎌倉に入ったのは宗盛らだけであり、義経は腰越宿に留め置かれた。

平宗盛・清宗親子は、宗盛は輿に乗り、清宗は騎馬で鎌倉入りをした。若宮大路には、平家最後の大将をひと目見ようと、人垣ができるほど見物人が集まった。

宗盛は死罪となり、西行と交流のあった前大納言平時忠は死罪を免れ、能登に流された。三種の神器のうち、鏡が無事であったのは、彼の手柄ということが考慮された。

義経は、相変わらず腰越に留め置かれたままだった。彼は、自らの無実を神に誓った起請文や腰越状を幕府公文所別当大江広元に手渡した。

左衛門少尉源義経畏れながら申し上げます。

頼朝様の代官の一番手に選ばれ、天皇家勅撰の御使として朝敵平家を討ちました。お褒めいただけるとばかり思っていたのですが、思わぬ讒言によって、私の大きな手柄は無視されました。私には何の罪もないのに、お怒りを受け落涙しております。鎌倉に入れてもらえないので、私の本当の心を話す術もなく、いたずらに日数を費やしております。

この身体を父母から授かってすぐ、母の懐に抱かれて大和国宇多郡龍門牧へ向かって以来、一日たりとも安らかな日はありませんでした。諸国を流浪し、あちこちに隠れ住んでいました。時は熟し、木曾義仲を攻め滅ぼし、平家一族を討つために京に上がりました。私の目的は、殺された父の怨みを鎮めることで、その望みを遂げる以外、何の野心も持っていません。日本国中の大小の神様に誓った何枚かの起請文をお出ししているのに、それが通用しないなら何の手立てもありません。貴方の寛大な哀れみの心に訴えて、私が許可されたならば、貴方の一族に余りあるほどの気配りをし、子々孫々まで大切にいたします。思うように書ききれませんでしたが、宜しくご拝察いただきたくお願いいたします。義経拱手しながら謹んで申します。

元暦二年五月

左衛門少尉源義経

進上　因幡前司殿

しかし、日本国中の神に誓った起請文も、切々たる思いを述べた腰越状も、頼朝の心を動かすことはできなかった。

一カ月が経った六月上旬、宗盛らを護送して京へ帰れという命令が下りた。

義経の落胆は計り知れなかった。

「何故兄者は、私に会おうともせず、私の平家追討の功績を認めようとしないのか」

落胆は怒りに代わり、

「頼朝公に不満の者は、俺についてこい」と言い放って、京へ帰った。

これを聞いた頼朝は激怒し、義経に恩賞として与えていた、かつて平家の知行地だった二十四カ所を、すべて没収してしまった。

京に送還された宗盛は近江国篠原宿で斬殺され、嫡子清宗や二人の男児も斬られた。

平家が滅び、頼朝の全国支配は大きく変わろうとしていた。朝廷との交渉で、これまで獲得した領地を守り抜き、新たな国家体制を作りあげなければならない時期の頼朝にとって、多大な功績のあった弟であれ、服従しない者をそのままにしておくことは、己が体制に綻びを造ることになる。十一カ国の知行主になった頼朝は、それらを守り抜き、新たに知行国を増やしていく時であった。また、朝廷の人事まで、思いどおりにするもくろみがあった。天下は意のままに、まさに天下草創の時であった。

義経暗殺計画

京に戻った義経に、頼朝は叔父源行家の追討を命じた。行家は頼朝の命令に従わず、鎌倉に参向しなかった。行家は以仁王挙兵の時、令旨を諸国の源氏に伝え、平家崩壊のきっかけをつくったが、河内源氏の本拠である河内・和泉を領し、頼朝には従わなかった。頼朝にとっては獅子身中の虫である。

義経は、行家が叔父であることを理由に追討を断った。頼朝は、義経が行家と通じていると感じ、密かに刺客土佐坊昌俊《とさのぼうしょうしゅん》を送って、義経の暗殺を謀った。土佐坊率いる六十騎が六条堀河にある義経の屋敷を襲った。応戦する義経に、源行家の郎党も加わり、襲撃は失敗に終わった。義経は、襲撃が頼朝の命によって行われたことを知ると、後白河法皇にこう上申して迫った。

「兄頼朝は、私を暗殺する刺客を京へ送り込んできました。幸い、事なきを得ましたが、これは逆賊平家を滅ぼした私に対する謀反で、引いては朝廷に対する反逆です。どうぞ追討宣旨を賜りますよう」

「頼朝は我が意に背くことが多かった。そなたの言を受けて、追討の宣旨を出そう」親義経の後白河は、即座に返答した。

しかし、源行家と組んで挙兵した義経は、畿内近国の武士の支持が少ないことを知らねばならなかった。頼朝の手は畿内にも及んでいた。二人は、西国で再挙を図ることに決めた。義経はまたも後白河に上申し、西国の押領使を賜り、また行家は、四国の押領使に任命されて地域一帯の支配権を得た。それと共に、荘園、国衙領から兵糧米を徴収する権利と、租税を運上する義務とを負った。

西国入りには、義経と行家それに義経の愛妾静御前も同道した。従う兵士総勢二百騎。摂津河尻にいたると、多田源氏の大田行綱らが矢を射て来た。これを見た兵の多くは脱落していった。十一月五日、義経と行家、残りの兵士たちは、摂津国大物浦に着いた。

六日、義経、行家らは船を出したが折からの嵐、暴風雨によって船はことごとく難破し、ごく少人数の従者を連れて、一隻の船で落ち延びるしかなかった。

天下の大天狗

頼朝追討の宣旨が下されたという報が鎌倉に届いたのは、文治元年十月二十三日。十一月上旬、義経と行家が京を出たのと入れ替わりに、鎌倉軍の先鋒隊が京に入り、続いて主力が続々と京に着いた。

法皇の廷臣たちは、

「武者の入洛は本当に恐ろしい。天下はおおいに乱れるだろう。法皇の身辺はまことに危うい」と憂いた。

後白河はあわてて、

「今回の院宣は、全く私の預かり知らぬことである」と言い訳し、「天下の政《まつりごと》はしろしめすべからず」と引退を表明した。

そして、頼朝追討の宣旨を取り消し、義経・行家を反逆者として、その逮捕を命ずる院宣が下された。

しかし、頼朝の怒りは収まらず、彼自身が大軍を引き連れて上洛するという風聞が飛んだ。

後白河法皇の御所に、頼朝の使いの者と称する男が、法皇の近臣高階泰経に面会を求めてきた。不在を告げると、文箱を御所の門口に放り込んで去っていった。中を開くと、法皇が頼朝に出した弁解の密書に対する返答が入っていた。

頼朝は多くの朝敵を滅ぼし、政権を法皇にお任せしましたのに、謀叛人とされてしまったのは、いったいどういうわけですか。

預かり知らぬとおっしゃるが、そもそも法皇は、お考えとは無関係に院宣を下されるものなのですか。行家といい、義経といい、召し捕られないから、国々も疲弊し、人民も難儀します。日本国第一の大天狗、他にはいません。

日本国第一の大天狗が、法皇を指すのか、それとも義経を指すのか。いずれにしても法皇の無責任を痛撃した返書に、延臣たちも震えあがった。その上、頼朝の代理として、北条時政が千騎の軍勢を率いて上洛した。

院御所の延臣たちが沈黙して見守るなか、時政は関東申次《かんとうもうしつぎ》（朝廷と幕府の間の連絡・調整係）中納言吉田経房を通じて後白河法皇に要求を突き付けた。

頼朝の朝廷大改革

頼朝の要求は、次の四カ条だった。

一、潜行中の義経・行家の行方を捜査・逮捕するために、諸国に「追補使《ついぶし》・地頭」を設置すること。

二、追捕使には軍事・警察権を掌握させること。

三、行政・軍事指揮・警備・治安維持を担う「守護」を諸国に、荘園・国衙領には「地頭」を設置すること。

四、すべての「守護・地頭」には、頼朝御家人の武士を任命すること。

こうして頼朝は、義経・行家を逮捕・捜査するための「日本国総追捕使・日本国総地頭」に任命された。そして、配下の御家人武士を代理人として、それぞれの国に「総追捕使・地頭」、さらに国衙領・荘園の郡・郷・庄・保に「総追捕使」を置き、軍事警察国家を造り上げ、頼朝は在地の支配機構を掌握する総支配者となったのである。

朝廷・貴族・荘園本所が失ったものは大きかった。

ただ、頼朝の支配権が全国隅なく及んだわけではない。平泉を中心とする奥州藤原氏の勢力圏はさすがに手が出せなかった。それと畿内以西の諸国。西の諸国では、各国に総追補使・国地頭は任命しても、その下部組織の郡、郷、庄、保では、平家の旧領と頼朝派の所領に限られていた。

次に頼朝が法皇・朝廷に突き付けた要求は、朝廷内を刷新するための人事だった。十二月六日、頼朝から朝廷に書面が送られてきた。

まず、法皇の側近高階泰経と、頼朝追討宣旨にかかわった関係者十二名の免職。次に、法皇の寵愛が深い摂政近衛基通に代わって親鎌倉派の九条兼実の登用。第三に、兼実や藤原基房ら法皇批判派公卿十名を指名し、彼らの合議による政務の要求。法皇の独走を牽制する人事である。

これはさすがに朝廷内に様々な波紋を投げたが、義経が去って軍事力を持たない朝廷は、頼朝の命に従うしかなかった。

頼朝は、幕府の全国支配体制整備を義経追討という名目で成し遂げ、朝廷との関係を鎌倉有利に整えたのである。

しかし、引退を表明した後白河法皇は、依然、その地位に留まっていた。また九条兼実は摂政になったが、膨大な摂関家領荘園は、依然前摂政基通のもとにあって、頼朝の兼実に委譲するようにとの再三の催促にもかかわらず、後白河は頑としてこれを拒んだ。

頼朝の思うようには動かぬという最後の決意でもあった。

第八章　西行の平泉下向と源義経

西行二度目の奥州下向

西行が二度目の奥州下向を果たすべく伊勢を出立したのは、文治二（一一八六）年七月半ばのことである。その二カ月ほど前、西行が暮らす伊勢二見から遠くない、和泉の隠れ家で、義経と行動を共にしていた源行家が頼朝の命で誅殺されたという噂を聞いた。行家に直接会ったことはなかったが、以仁王の令旨を諸国に伝達した人物として知っていた。逃避行を続けているという義経殿は無事であろうか。

六十九歳の西行は、この時二つの役目を担っていた。一つは治承四（一一八〇）年、平清盛の五男重衡らが、平家政権に反抗的な南都の寺社勢力討伐の際、放った火で焼失した東大寺再建の資金を奥州藤原氏秀衡に勧進させることであった。西行は朝廷の命を受けた東大寺の僧重源《ちょうげん》にその役目を委託された。重源は、奥州藤原氏の縁戚である西行にその役目を頼んだのだ。

もう一つは、鎌倉殿と呼ばれる源頼朝に会うことであった。秀衡から得た貢金の道中運搬について保証してもらうためだった。

旅に出て実感したことは、四十年余り前、親しい人たちの死の悲しみから逃れるように陸奥への旅に出て、平泉の藤原氏を訪ねた時とは、何もかもが変わってしまったことだ。

この四十年の間、政《まつりごと》の世界は目まぐるしく動いた。

皇位を巡っての摂関家の対立。様々な陰謀の渦巻くなか、崇徳法皇は讃岐に流された。崇徳法皇歌壇の重要な詠み人だった西行は法皇を案じたが、法皇は二度と都の土を踏むことなく、長覚二（一一六四）年八月、四十六歳で崩御した。

瀬をはやみ岩にせかるる滝川の
　われても末にあはむとぞおもふ

崇徳法皇の勅撰和歌集『久安百首』（一一五〇年）に掲載された法皇の歌である。「われても末にあはむとぞおもふ」という法皇の願望が、その時、誰に向けられたのかはわからないが、法皇の崩御は深い哀傷となって西行の胸を刺した。

その後も、まさに変転の世が続いた。

保元の乱から三年後、平治の乱（一一五九年）が起こり、平家が政の実権を握った。

仁安二（一一六七）年平清盛が太政大臣の座に就き、武家の世になった。しかし、平家の栄華は長く続かなかった。

元暦二（一一八五）年三月、平家滅亡。四月、頼朝従二位に叙せられる。しかし、頼朝と義経が対立。十月、義経の奏請により、頼朝追討の宣旨が、後白河法皇によって発せられた。これに激怒した頼朝は軍兵を京に送り、続いて主力隊も西上させた。驚いた後白河法皇はこれを覆し、十一月には、義経らを反逆者として、その逮捕を命ずる宣旨を出したのである。

西行が旅に発つ直前、頼朝追討の宣旨にかかわった高官十数名が任を解かれた。

世は武士の時代になっていた。東海道を歩くと、京と鎌倉の間は、兵たちが隊列を造って往来している。京に向かう隊列もあれば、鎌倉に向かう兵士たちもある。宿場という宿場は、軍兵や旅人でごったがえしていた。

さらに、街道に沿って検問所があり、あらゆる旅人は厳しい検問を受けた。西行は僧であって、大仏寄進の勧進状を携えていたから、訊問は緩やかだった。ただ、どこの検問所でも義経を見なかったかと訊かれた、。

頼朝に追われた義経は、匿われていた延暦寺を出たという風聞は耳にしていた。とすれば、私と同じように、奥州に向かっているのであろうかと、西行は思った。

遠江国日坂宿に泊まり、次の朝、宿駅で馬を借りようとしたが、軍兵たちが使用していて一頭も残っていなかった。仕方なく歩きはじめた。

夏の名残の日差しがじりじりと身体を焼き、小夜の中山に向かう急峻な坂道では、息がきれた。七十に手の届く自分の年齢を思わずにはいられない。四十年前の奥州下向の時には、なんなく越えられた峠が、途方もない高峯に思えた。

年たけてまた超ゆべしと思ひきや
命成《な》りけり小夜の中山

(年老いて、この峠を再び越えると思っただろうか。いや、思いもしなかった。命があったのだ。小夜の中山よ)

気を取り直してしばらく歩くと、杉木立の中を風が通り過ぎ、渓流の音が聞こえてくる。木漏れ日に、足元の草々が生き生きと輝く。自然の佇まいは、四十年前と少しも変わらない。ああ、この風、このせせらぎの音、この光。私は昔の私に会いにここに来たのだ。

西行は、宮廷の歌人にならなくてよかったのだと、改めて思っていた。当時の歌壇に異を立てず和することは厭わないが、そこに身を置きたいとは思わない。宮廷で流行った歌合わせも歌論も付き合いはしたが、どこか虚しかった。旅に出て、大自然の懐に抱かれると、人の理《ことわり》の空しさ哀しさを、改めて思うのだ。

だが、それを説明して説得するのは難しい。鎌倉殿は鎌倉殿の理、後白河法皇は後白河法皇の理がある。それを超える理は理とは違う。心なのだ。小夜の中山で、自分の肉体の老いと生命の時間の短さと向きあった西行は、天地自然の変わらなさに、自然の慈悲を思った。理によって、限りある生命を生きる人間への。

西行は、また歩きはじめた。

西行と頼朝

相模国に入った時には、清涼の風が吹き渡る初秋になっていた。

心なき身にも哀れは知られけり
　　鴫立つ沢の秋の夕暮

（出家して人の感情は捨てた私のような身でも、鴫が飛び立つ秋の夕暮はしみじみとするものです）

西行は数日後鎌倉に入り、鶴岡八幡宮へ参詣するために一の鳥居にさしかかった。頼朝も放生会で八幡宮に詣でていた。その帰り一人の旅装束の老僧に会った。その物腰から重源法師からの知らせで知っていた西行ではないかと、梶原源太左衛門尉景季を通じて名前を問うた。

「佐藤兵衛義清法師といいます。今は円位または西行と名乗っています」

西行は丁寧に答えた。

それを、景季が頼朝に報告すると、

「参詣が済んだら、歌のことなどゆっくりお話を聞きたい」と言う。

「承知しました」と西行は答えた。

西行は八幡宮へのお参りを終えて、景季に導かれて頼朝の柳営に入った。

頼朝は理知的な威厳のある風貌で、冷徹な強い意志がその目の光に表れている。様々な困難を乗り越え、「天下の草創」を成し遂げつつある独裁者は、西行の想像どおりの風貌だった。そして思った。清盛殿の貌と共通のものがあると。

頼朝は、訊ねたいことがたくさんあるようだった。西行は、天下人の心の孤独を思った。

騎馬のこと、射芸弓道のこと、また歌道について、頼朝は様々に訊ねた。

「弓馬については、出家遁世した時に俵藤太藤原秀郷以来九代の佐藤家に伝わる兵法を燃やしてしまいました。その兵法は人殺しの罪を作るもとなので、心に残さないよう、すべて忘れました」

頼朝の目がきらりと光った。自分が行なってきた戦での殺人や、政敵誅殺の数々。そのことを暗に咎められているように思った。

だがそのような言葉で怯む頼朝ではない。自分は勝つために心を捨ててきたのだ。そのことに後悔はない。

「矢を正確に当てるには技だけではないというが、その他に何があるのか」と重ねて訊ねた。

「鎌倉殿は、矢を正確に放つための技にすべてをかけられてこられた。人を殺し、獣を狩るためだけに技を磨いてこられた。私は、矢を的に当てることを楽しみますが、戦で矢を放ちたくありません。北面の武士を辞したのもそれ故です。戦は勝たねば意味がありませんが心を失ってはいけません」

頼朝は、しばらく黙した後、

「戦は、やはり勝たねばならない」と、ぽつんと言った。

「そうですね。勝たなければなりません。ですが、敵を殺さなくても勝つ方法はあるのではないですか。鎌倉殿は大変頭のよいお方です。弓矢で戦っている間は忘れてしまっていても、必ず帰る場所を思い出されるでしょう。その場所は心です。心がなければ人は付いてきません」

「戦後処理は、慈悲の心をもって成すようにしている」

「大切なことです。鎌倉殿は崇徳法皇様の御墓である法華堂を維持するよう、墓守であり、崇徳法皇様の愛妾であられた兵衛佐局様に、備中国都宇《つう》郡《ぐん》妹《いも》尾《お》荘《しょう》を差し上げられましたね。崇徳法皇の菩提を弔ってあげてくださいという手紙を添えて。私は、崇徳法皇様には、ひとかたならぬご厚誼を受けておりますから、鎌倉殿のお気持ちに感謝しております。このような心を、敵対する者、また敵として滅んでいった人々、その縁者に持っていただきたく思います」西行は言った。

西行の心の中に、頼朝と対立する義経のことがあった。だが、口には出さなかった。

「兵衛佐局様は、私の母と同じ熱田大宮司家の出身で、縁戚にあたる。だが、誰に対してもそう心がけよう」頼朝は言葉少なに答えて、さらに言葉を続けた。

「私は、十三歳の時に京を出てから歌はあまり詠まなかったが、歌を詠む時の心得といったものはあるのだろうか」

「歌については、心に残った事柄を、ただ三十一文字にまとめるだけです。特別に技は必要ないのです」西行は重ねて言った。

二人の会話は果てしなく続いた。

夜も更け、燭台の灯が何回も取り替えられた。


七里浜の漣が、朝日を受けてきらきらと輝く頃、西行は頼朝が引き留めるのを振りきって、柳営を後にした。

手には、頼朝から記念として手渡された銀の眠り猫が握られていた。

しばらく歩くと、乳飲み子を抱いた母親に出会った。西行は、銀の眠り猫を乳飲み子の手に握らせた。私が持つよりは、この子が持っている方がふさわしい。七十歳近い私には、権威の後ろ盾も、守ってくれる人も物も、もういらない。旅の途中で果てたっていいのだ。だが、これから現世を生きていかなければならないこの子にとっては、銀の猫はいろいろな意味で守りとなろう。

それにしても、鎌倉殿は大変なお方だ。冷静で意志的、その上忍耐力もある。先を見通す周到な計算と駆け引きの能力。平家は都を離れられなかったが、鎌倉殿は、あずまえびすと中央から蔑まれた東国に、強固な意志を持って新たな軍事政府を造った。

確かに、類まれな大将軍だ。だが、それは、多くの人の身体や心を犠牲にしなければ創り上げられなかった政府である。それにしても、誰かの、何かの犠牲なしには、天下の革新は成せない。政《まつりごと》とは、なんと哀しいものか。

西行は、堂々巡りのような想念を抱きながら、新政府の都鎌倉を離れた。

頼朝に、陸奥からの貢金の保証をしてもらう必要はなかった。既に鎌倉と平泉の間で、話し合われていたのだった。

西行と秀衡

平泉に着いたのは、四十年前と同じ晩秋であった。あの時と同じように、今日も雪が舞っている。どうしても衣川が見たかった。あの時、朝廷の軍勢と奥州藤原氏の軍勢がここで対峙する時が来るだろうか、と漠然考えていたが、今は違う。鎌倉軍と秀衡軍との戦は、明日起ってもおかしくはない。

そう思って川岸から秀衡の館を見上げると、凍りに閉ざされた幻の館のように見える。衣川の岸が凍りついていたせいか。いや、自分の心象なのだろう。

とりわきて心もしみて冴えぞ渡る
　衣河みにきたる今日《けふ》しも

（雪が降って嵐がとりわけ激しく、寒さが心にまで凍みわたる。衣川を見に来た今日は）


西行は、凍りついた衣川の岸に、長い間立ち尽くしていた。様々な想念が頭を過っていく。鎌倉殿の凍るような眼差しは、一直線にこの館に向けられている。

鎌倉殿は、義経殿のことを一言も口にしなかったが、義経殿は、秀衡殿を頼って平泉に下っているという風聞があった。旅の途中の関所の検問で、義経を見なかったかと、しつこく聞かれた。義経殿は、もう平泉に着いているのだろうか。いずれにしても、鎌倉殿は義経殿の奥州行きの噂を耳にしているだろう。

秀衡殿が義経殿を匿ったならば、平泉が無傷でいられるはずはない。

頼朝に抗って、吹雪の中に立つ同族秀衡の館を眺めながら、西行の脳裏に、眼前の館が、頼朝軍の包囲の中で燃え上がる光景が浮かんでは消えた。

もし、自分が武士を捨てていなかったら、秀衡殿と共に戦っていただろうか。それまでにも、誰かを相手に戦をしていただろうか。

ふと、早逝した従兄佐藤憲康の「奥州藤原氏と共に戦う」という言葉を思い出していた。

その夜、秀衡の館で西行と秀衡は杯を交わしながら、互いの思いを話しあった。

「鎌倉殿は、義経殿をあくまでも追い詰めるつもりだ。もし、秀衡殿が義経殿を庇ったら平泉は危うい。義経殿は、平泉を攻める恰好の口実なのだ」

西行はさらに言葉を続けた。

「頼朝殿が挙兵した翌年の養和元（一一八一）年に、清盛殿から秀衡殿の所に、頼朝追討の命令が届きましたな」

「ええ、ありました。ですが私は無視しました」秀衡は答えた。

「秀衡殿は動かなかった。ですが、その翌年でしたか、頼朝殿は鎌倉の西にある江の島に赴き、文覚上人に依頼して勧請した弁財天を供養したことがありました。その時鎮守府将軍秀衡殿を調伏する祈禱をしたと聞いています」

「それは知りませんでした。恐ろしいことですな。ですが私は、自ら戦はしません。それに、義経殿が身を隠す場所は、平泉でなくともいくらでもあります。陸奥は広い」

「いや、鎌倉殿はどんな理由をつけてでも秀衡殿を標的にする。知らぬ存ぜぬではすまない。義経殿匿って奥州藤原氏を危うくすることはない」

いつも冷静な西行にしては、めずらしく高揚して言葉を続けた。

「それに、秀衡殿が、秀衡殿や私の縁戚でもある信夫郡湯の荘の司佐藤氏の息子佐藤継信、忠信兄弟を義経殿に随行させたことを頼朝殿は知っている。頼朝殿が、その忠信殿を侮蔑的な言葉でののしったことを、秀衡殿はご存じか」

「その話は聞いています」秀衡は少し顔を曇らせて言った。

「忠信が、後白河法皇から兵衛尉を任官された時のことであろう」

「そうです。義経殿が検非違使・左衛門少尉に任命され、ついで従五位下に叙せられ、大夫判官の地位についた時、忠信殿も兵衛尉に任ぜられました。兄の方の継信殿は、残念なことに、壇ノ浦で討死しましたが」

西行は続けた。

「鎌倉殿は、秀衡の郎党が衛府に任ぜられるなど例がない。身のほどを知ったらよかろう。その気になっているのは獣にも落ちる、とののしったそうです」

「義経殿は、後白河法皇の信任が厚かったと聞いている。忠信が兵衛尉に任ぜられたのも義経殿のおかげでしょう」秀衡は答えた。

「後白河法皇は、戦術家として、義経殿をとても評価していました。昇殿を許され、美々しい拝賀の式まで行われました。これが頼朝殿の逆鱗にふれたのです」西行は言った。

「忠信のことは、そのとばっちりかもしれませんな」秀衡は鷹揚に言った。

西行には、それだけだとは思えなかった。

東国武士を率いた頼朝は、清和天皇に繋がる清和源氏から出た河内源氏の七代目だ。貴種である。彼の意識の中には、知らずに培われていた東国、陸奥に対する蔑視があった。

頼朝が獣にも落ちるとののしった忠信は、都を落ちる義経に同行し、宇治のあたりではぐれ、京都中御門東洞院の公家の館に潜伏していたが、頼朝御家人糟屋《かすや》有季《ありすえ》に襲撃され、郎党二人と共に切腹し、果てていた。

頼朝が平泉を標的にしている、という西行の心配に対し、秀衡は、きっぱりとした口調で言った。

「私は頼ってくる者を受け入れるのが、人としての義理であると、又仏法の慈悲と思っています」

西行は、胸を衝かれた。おのれは平泉のことばかり心に掛けて、義経殿のことを案じてはいなかった。秀衡はさらに言葉を続けた。

「私はいかなることがあっても、平泉の外に出て戦はしない」と。

秀衡の言葉を聞いて、西行は肩の荷をおろした気がした。たとえ奥州藤原氏が滅ぶとしても、それは自分の心を貫いてのことだ。戦はしない。その言葉を信じた。秀衡は祖父清衡の言葉「合戦は無益の殺生」を守って、いたずらに戦を仕掛けることなどしないと。そして、義経を受け入れる覚悟をしているとも。

秀衡は、西行の表情に安堵の色が流れるのを見て重ねて言った。

「西行殿ご安心なされ。私は武将だが、戦という殺生をしません。ご覧になられたかと思いますが、今、すべての人々に光明をもたらすという無量光の大意を描いた無量光院を造営中です。私は狩りで獣を殺しました。仏の慈悲で許してもらいたく、無量光院の壁画に、自らの手でそのことを描きました。私はもう若くはない。阿弥陀仏の慈悲に縋って極楽浄土へ旅立つことばかり願っています」

「そうですか。出家されたとは聞いておりましたが、そこまでのお覚悟がおありとは。都では、叡山と興福寺の争いなど、仏門同士の諍いや、出家したとは名ばかりの政で権勢を振るうお方が絶えません。末法の世と思うばかりです」

西行は、かくいう自分も、なかなか解脱できないと付け加えた。

「いや、私も同じです。無量光院は私の祈りです。願いです。叶わない願いかもしれません」秀衡は微笑んだ。

秀衡は、大仏鍍金に供する沙金五千両を朝廷に送ることを約束し、貢金運搬の道中の安全を、頼朝の差配に委ねることも承諾した。


帰りは、往くときの心重さに比べ、すっと心が軽くなったような道中だった。周りの景色を愛でながら、また、土地の人々との交流を重ねながらの楽しい旅だった。

冬枯れの野山さえ、生き生きと輝いて見えた。いや、野も山も川も海も空も、自分と共にここにある。彼らは神仏のおぼしめすまま、いや人間なんぞの考えもつかない大きな力に包まれて、なんと豊かに穏やかに生きているのだろう。

何処からか鳥の声が聞こえてきた。

箱根路を越えると、早春の碧空に雪に覆われた富士の山が聳え立ち、山頂から薄紫の煙が上がっていた。

風になびく富士の煙の空に消て
　行方も知らぬ我思ひかな

現世の重荷をおろして、富士の山を仰いだ西行の感慨は一入だった。よくここまで歩いてきた。年老いてからの奥州と伊勢との往還であり、また人生の歩みでもあった。だが、未だ見極めねばならないことがある。

仏は、「おのれを捨てよ」という。だが、自分はまだおのれを捨てられない。歌という「おのれ」である。いや、歌への執着は益々強くなる。若い頃に、歌を詠みたいがために仏道へ入るのだと決心したのだが、果たしてそれでよかったのだろうか。

天台座主の慈円殿が以前に私に尋ねたことがあった。「天台の真言を伝授してほしい」と。私は「歌の心得がなければ真言も得られない」と答えた。それが正しかったのかどうか。まだ、己の思想の行方が定められない。

いつの間にか、富士の山も見えなくなっていた。

京に着いた西行が見たものは、京の町を我が物顔に往来する坂東武士の姿だった。義経殿は、無事清衡殿のもとに到着されただろうか。

義経の逃避行

一方、摂津大物浦から船に乗ったという義経と行家、それに源有綱、堀弥太郎景光、静御前の行方は、杳としてわからなかった。

北条時政をはじめ京近辺に駐在する坂東武士、各地に置かれた追補使などの捜査にもかかわらず、消息は不明であった。

大和吉野山で、金峯山寺の衆徒によって義経の妾静御前だけが捕えられた。静は、吉野の執行に連れていかれ、義経の行方を問いただされた。

静は言った。

「私は九郎判官義経の妾です。大物浦で嵐に遭い船出はできませんでした。伊予殿（義経）一行と共に陸路でこの山に来て、五日ほど過ごしました。ですが、伊予殿は、突然私に京に帰るようにと言ったのです。吉野山が女人禁制の山であることを知ったからです。伊予殿から多数の金銀をもらいましたが、私を送り届けるよう命じた雑色の男どもが金銀を奪って、私を吉野山に放り出して逃げてしまいました」

吉野は、遥か昔役行者《えんのぎょうじゃ》が入った聖なる山だ。精進潔斎をしなければ入れない、女人禁制の山だった。

静は鎌倉に連行された。母磯禅師が付き添った。

義経は吉野大峯の深雪を越え、多武峰《とうのみね》へと歩いていた。多武峰南院の十字坊を頼ってのことである。坊主十字坊《ぼうしゅ》をはじめ僧たちは義経一行を手厚く匿った。鹿や猪などの肉の入った鍋でもてなした。しかし、大勢の僧を抱える南院では、義経たちの存在はすぐ知れ渡る。朝廷や頼朝に通報する僧がいないとは限らない。

「十津川の方へ身を隠した方がよい。そこは、人馬も行き来しない山深い所。護衛の僧を付けるから、安心して行かれるがよい」

道徳、行徳、拾悟、拾禅、楽達、楽圓、文妙、文実ら僧兵と共に、義経一行は南院を離れた。熊野川上流の十津川まで山間部を隠れ歩き、その後都へ入った。京の反鎌倉派勢力はまだ健在だった。

文治二（一一八六）年六月に入ると、義経が鞍馬寺に匿われているとの報が鎌倉に入った。義経は、鞍馬寺の土佐君と称する僧と親しく、そこに匿われているという。しかし、鞍馬寺別当に捕まえるよう命令が出され、追補の武士が派遣された時には、既に姿はなかった。

一方、源行家は和泉国の隠れ家で捕えられ、斬首された。行家、義経の首を挙げることは頼朝の執念だった。

六月半ばには、義経が大和の宇陀郡にいるとの情報が入った。北条時定が派遣され、義経の妹婿である源有綱と合戦し、源有綱は敗れて深山で自死した。

また、多武峰で義経を匿ったという龍諦房という僧が京に召し出され訊問を受けた。さらに義経が仁和寺や岩倉辺に隠れ住んでいるという報を得た京都守護一条能保《よしやす》は、梶原景時らを派遣したが、既に逃げた後で捕まらなかった。能保は頼朝の妹坊門姫の婿である
七月に入ると、義経の家人伊勢義盛が捕まり、首を斬られた。

さらに、九条兼実の弟比叡山宗主慈円が、義経が比叡山に匿われていると伝えてきた。慈円は、兼実と同じく親鎌倉派だった。

義経は叡山でも荒行で名高く、山伏や修験道の道場である無動寺に匿われていた。

さらに、後白河法皇の御所、頼朝の辞任要求で解任された前摂政の藤原基通の邸宅を転々として、鎌倉方の追及を逃れた。ほとんどが追補使が追求できない場所で、捜査は難航した。

十月、頼朝は、木工頭《もくのかみ》藤原範季が義経の郎党堀弥太郎景光に会っているという情報を得て、朝廷に強く抗議した。

法皇の近臣まで義経にかかわっているとはどういうことかと、頼朝の怒りは収まらなかった。範季は頼朝の要請で解任された。

藤原範季は安元二（一一七六）年に陸奥守、鎮守府将軍として陸奥に赴任していた時に、秀衡のもとにいる義経と出会っていて、義経や郎党と親交を持っていた。

また、後白河法皇としても、頼朝の圧力に屈して、心ならずも義経追討の宣旨を出したが、義経を立てて、鎌倉に反撃したいというのが本音であった。

頼朝の朝廷への不信感は募るばかりである。義経が捕まらないという状況が問題であり、朝廷にも義経に同心している者がいるという事態をなんとかしなければならなかった。

十一月五日、頼朝は法皇に恫喝とも思える奏上を送った。

「義経が捕まらないのは、山門も南都も、吉野や多武峰も、至る所に義経に対する同情者が多く、公卿や殿上人が鎌倉を憎んでおり、京中の人々も同意しているからであろう。いったいどうなっているのか。今までのような手ぬるい方法では義経を逮捕できない。よって、二、三万の軍勢を派遣して、山々寺々の隅々まで捜索させるつもりでいる。その結果、どのような事態が起こるかわからない。ついては、今一度朝廷の方で、確かに義経を召し捕る方法でもあれば教えていただきたい」

この奏上を公卿たちは法皇の殿上で審議した結果、宣旨を出され、義経を召し捕ることに全力をあげることを世に知らしめた。

さらに、京中の在家の人数を把握し、寄宿の旅客の姓名を徹底的に調べあげ、怪しい人物は、端から連行された。

義経再び平泉へ

義経は、ついに京を捨てざるを得なかった。

文治三（一一八七）年二月、「出羽羽黒山に下る山伏」と称した義経一行正妻郷御前、乳飲み子の義子、郎党鈴木重家、亀井重清、駿河清重、片岡経春らは北陸道へ向かった。延暦寺の僧俊章や千光房七郎や僧兵たちも義経一行を護衛して同行した。熊野別当湛増の落とし子と噂される武蔵坊弁慶も延暦寺の僧兵の一人として従った。

越前・加賀両国は、幕府の支配が及ばず、京都・朝廷との結びつきが強かった。延暦寺の勢力も行き渡っていた。延暦寺の僧兵に守られた山伏姿の義経一行を、人々はそれと知りながら見逃し、手厚く庇って、追捕使の手から守った。

また、北陸道の道筋に修験道の行場が多くあった。越の白山、立山、八海山、羽州三山の葉山、月山、羽黒山とその総奥院の湯殿山、鳥海山。

加賀国能美《のうみ》から見た越の白山の麗姿は、義経の心に沁みた。また、古い修験道場である立山を仰ぎ見て、修験道の厳しさや教義を思い出していた。

自分を育ててくれた山鞍馬山を一日たりとも忘れたことはない。十年に渡って、神霊、祠、岩、水、滝、洞窟、樹木などの行場を巡る間に、足腰は鍛えられ、敏捷さも身についた。岩場や滝などの行場は、下手をすると生命を失う。生命がけの修業で心身は鍛えられ、戦の時にどれほど役に立ったか。

北陸道をひたすら北へ歩きながら義経は、十五歳の時金売り吉次（後の堀弥太郎景光）に連れられて、奥州へ下向した時のことを想い起こしていた。

父義朝が平治の乱で敗死した後、義朝の継室である常盤は、義朝の三人の子供を連れて再嫁した。義父の大蔵卿一条（藤原）長成は心優しい男だった。なによりも常盤を愛した。常盤は、近衛天皇の中宮九条院の雑仕女《ぞうしめ》だった。殿中に上がる雑仕女は、屈指の美女が選ばれる。まず、京の美女千人が集められ、その中から百人を選ぶ。さらに、その中から十人が選ばれるのである。常盤はその十人に選ばれ、中でも一番聡明で美しかった。殿上人や武将たちが放っておくわけはない。

義朝が死んだ後、平清盛が常盤の所に通ってきた。常盤は三人の子供を守るために清盛の要求に応じた。だが、清盛は白拍子祇王を寵愛するようになり、常盤の所へ通う足は遠のいていった。様々な男に愛された常盤だったが、三人の男児の行く末が一番心に懸かることだった。

子供たちは成長すると、長兄の今若は醍醐寺に入り禅師公全成《ぜんしのきみぜんじょう》（後の阿野全成）と称し、次兄の乙若は三井寺の円恵法師に仕え、卿公円成《きょうのきみえんじょう》（後の義円）と称した。一番下の牛若は、鞍馬寺に童として送られ遮那王《しゃなおう》と呼ばれた。平家全盛の時、義朝の子たちは出家せずには済まされなかった。

しかし、長じて父の無念の最後と自分の血筋を知った義経は出家を嫌い、父の敵を討つべく武芸に励んだ。異母兄頼朝と範頼の存在を知ったのもこの頃だった。

「いつか、必ず平家を滅ぼしてみせる」固い決意だった。貴船神社に、平家打倒の祈願をかけたこともあった。貴船神社の神官も、鞍馬寺の僧たちも、義経の才気と武芸に一目置いていた。

十五歳になった時、義経は金売り吉次とともに平泉に下向することになった。義父一条長成が、平泉にいる藤原基成に義経を預かってもらいたいと依頼したのだ。

基成は、陸奥守を経て民部少輔に補任されたが、平治の乱で挙兵し敗れた異母弟藤原信頼との縁座で陸奥に流された。

しかし、陸奥守時代から親交を持っていた奥州藤原氏の秀衡に娘成子を嫁がせ、藤原氏の外祖父としてその政治的顧問を務めた。歴代の陸奥守にも近親者を置き、国衙にも影響力を持った。さらに、基成の父忠隆は鳥羽院政を代表する近臣で、常盤御前が再嫁した一条長成の従兄にあたる。長成の基成への働きかけがあって、義経が奥州藤原氏のもとへ身を隠すことが実現した。

また、義経に随行した金売り吉次も単なる商人ではなかった。色白の立派な顔立ちに鬚を蓄え、背丈も高い偉丈夫で、武芸にも秀でていた。大陸沿海地方からの渡来人の血を引いていた。

義経は、ひと目で彼が気に入った。

鞍馬にいた時も、義経はあちこちを放浪をしたが、陸奥も憧れの地だった。それに、京都近辺にいれば、出家をしていない義経は、いずれ平家に捕まって首を斬られるかもしれない

陸奥下向の途中、鎌倉の義兄頼朝の屋敷を訪れたが、警護が固く会うことはできなかっ

た。

奥州藤原氏三代秀衡は、義経を快く受け入れてくれた。秀衡は、功績として吉次に屋敷を与え、義経付の武士として召し抱えた。吉次は堀弥太郎景光と名を改めた。

しかし、義経を迎えた秀衡の胸中は複雑だった。義経にしばらくじっと我慢するように言い聞かせた。義経が動けば平家との合戦になり、奥州藤原氏の立場も危うくなる。そんな秀衡の胸中を察することもなく、義経はあちこち飛び回り武者修行に励んだ。

修験道の聖地遠野郷早池峰、和我郡にある国見山極楽寺。国見山では峻嶮な岩山を登り、四方に拡がる陸奥の大地を見渡した。陸奥の民たちの信仰の山岩手山にも登った。

坂東にも足を延ばした。常陸国筑波山、武州御嶽山、武甲三峰山、武蔵国高尾山。

そして、兄頼朝の挙兵を聞いて、秀衡が止めるのを聞かず黄瀬川の頼朝軍に参じたのだ。


来し方を振り返っていた義経は我にかえり、郷御前の方を見やった。郷御前の腕には義子がすやすやと眠っている。郷御前も哀れだ。伊勢国香取にあった父河越重頼の所領を頼朝に取り上げられた上、父重頼と兄重房を誅殺されてしまったのだ。理由は重頼が義経の舅ということだけである。

義経は、郷御前に抱かれている義子の寝顔を見ながら、蕨姫と静のことを思い出していた。蕨姫は平時忠の娘。時忠は壇ノ浦の合戦で捕虜となり京に連行された。時忠は、義経に娘の蕨姫を差し出し庇護を願った。義経が蕨姫を娶ったのは、その時検非違使として京の治安を担っていた義経が、平家全盛の時代に、検非違使別当（長官）を務めた時忠の力を借りたかったからである。蕨姫とはほんの一時の夫婦だった。息災だろうか。京で暮らしていると聞いているが。

一番気がかりなのが。吉野で別れたきりの静だった。しっかり者の母親磯禅師と一緒だと思うから安心はしているが、頼朝軍に捕らえられてはいないだろうか。

静と初めて会ったのは、禁苑（天皇の庭園）で行われた雨乞いの儀式の時だった。寿永元（一一八二）年、前年から続く旱魃で、京や近郊、西国も東国も大凶作だった。京の町には餓死者が溢れた。

後白河法皇は、禁苑で雨乞いの儀式を行ない、白拍子百人を集め雨乞いの舞を舞わせた。なかなか雨は降らなかった。ところが、静御前が舞ったところ、三日間雨が降り続いた。儀式に参加していた義経は、ひと目で静を気に入り側に召したのだった。義経の静に対する寵愛はひとかたならなかった。「しず、しず」と、側に呼び寄せた。

いずれ、静と会う日がくるのだろうか。

郷御前、蕨姫、静のことを想いながら、義経はしみじみと思った。女子《おなご》たちは、男の都合で運命を狂わされる。政《まつりごと》や戦のため、自分の意志とは別の道を歩まされる。それを、どのように思っているのだろうか。

今まで、義経は女子の気持ちなど考えたことはなかった。我が身が、陸奥へ落ちていかなければならない境遇になって、やっと気付いたのだった。


平泉が近づくにつれ、さらに様々な思いが頭を駆け巡った。兄頼朝に対する激しい怨念。平氏を討ち滅ぼしたのはおのれである。それを強引に追い出した。頼朝は知能は優れているが、強い猜疑心の持ち主だ。些細なことで人を疑う。許可を得ず、後白河法皇から検非違使を拝命したことに激怒したが、義経は腑に落ちなかった。頼朝は東国一の弓取りだが、この国の最高権威は法皇であり天皇である。

頼朝の用心深さはこれだけではなかった。

なかなか上洛しないのも、背後の奥州藤原氏が怖いからだ。留守中に坂東や鎌倉を攻めるのではないかと疑っていた。ともかく、敵対する者への用心は人一倍だった。

それに、秀衡は、追討の宣旨が出ている義経を、どういう気持ちで受け入れるのか。義経を受け入れることは、鎌倉も朝廷も敵にまわすことになる。

だが、今、義経が頼れるのは秀衡しかいない。妻郷御前と義子を守るには、秀衡を頼って再起を図らなければならない。

北上川河岸の丘の上に、平泉館が見えてきた。北西に高館の山、その向うに中尊寺、東に日高見川。平泉館は、陸奥・出羽両国支配の中枢、政庁だ。平泉館の南西に秀衡・泰衡の居所である伽羅御所や泉屋、三男忠衡の住む泉の家、長子国衡の住む西木戸の家と四男高衡の宅があった。

しかし、義経一行の居所は、秀衡の住む伽羅御所ではなく、藤原基成の衣川館の側だった。ここは、初代清衡が住んだ柳御所と同じ敷地にあり、高館と呼ばれた。

秀衡と藤原基成は、頼朝に追われて平泉に落ちた義経を温かく迎えた。

静御前

文治二（一一八六）年二月十三日に、北条時政の書状が鎌倉に届き、静を鎌倉に送ることが伝えられた。二十七日には、母の磯禅師とともに鎌倉に到着し、雑色（蔵人見習）安達清常新三郎の宅に逗留することになった。

静御前が白拍子になったのは、白拍子の祖といわれる母磯禅師の跡を継いだからである。

保元の乱で暗躍した信西が作った舞が白拍子舞の始まりともいわれ、磯禅師に伝えられ娘の静御前に受け継がれた。

信西は、政治的手腕だけでなく音楽の才能もあり、琵琶の名手だった。今様に凝った後白河法皇も、白拍子舞を創作し、自分の作品を舞わせた。

白拍子舞は、神主衣装に似た水干《すいかん》を着用し、鍔《つば》のない短刀を腰に差し、黒い烏帽子をかぶった男舞である。

白拍子の活動は都が中心で、神仏の起源などを舞い、神に奉納するものだったが、次第に今様や江口、神崎、青墓などの遊女の芸も取り入れていった。

こうして京で民衆にも絶大な人気を博していた白拍子舞を、頼朝も一度観てみたかった。静の到着を楽しみにしていた。いや、本来の目的は、義経の行方を聞くことだ。

静の尋問にあたったのは、頼朝側近の藤原俊兼と平盛時だった。

俊兼が訊いた。

「義経の行方について、吉野の山中にいたということだが本当か？　どうも信用いたしかねる」

静は答えた。

「山中ではありません。山の僧坊です。ですが金峯山の大衆が蜂起したと聞き、吉野を逃れ山伏の姿をして大峯に入山しました」

平盛時が、「僧坊というが、そこに住む僧の名前は」と訊くと、静は悪びれず、

「名乗りませんでしたので知りません」と答えた。

「年の頃は？」盛時が重ねて訊いた。

「しかとはわかりませんが、四十歳前後かと」

「義経とは、何処で別れたか？」俊兼が訊く。

「一の鳥居のあたりまで参りました。しかし、女人は大峯に入れない、と僧が言いますので、やむなく私は京の方へ行く道を行きました」

「その後は義経と会っていないのだな」

「会っていません。京へ行く途中で、供の雑色が金銀財宝を奪って逐電してしまいましたので、道に迷って蔵王堂へ辿り着いたのです」

この口上を聞いた頼朝は、京で聞いた話とは違うと、さらに聞き取るように命じた。

結局、義経の所在は摑めなかった。静は身籠っていたので、出産後京に帰すことになった。

それから一カ月後、頼朝と北条政子は、鶴岡八幡宮の回廊で静の舞を観た。

はじめ、静は病と称して舞うことを拒んだ。

「義経の愛妾としてこうした場に出るのは恥辱である」とも言った。

だが、政子の再三の奨めがあった。

鶴岡八幡宮の境内には桜吹雪が舞っていた。回廊に立った静御前は、白雪の袖を翻し、歌を謡い舞った。

左衛門工藤祐経が鼓を打ち、畠山重忠が銅拍子を叩き合わせ、静の歌に和した。

よし野山みねのしら雪ふみわけて
　　　　入りにし人の跡ぞこひしき
（吉野山の峰の白雪を踏み分けながら、山中深く行ってしまわれた判官様が恋しくてならない）

しずやしずしずのをたまきくり返し
　　　　昔を今になすよしもかな
（静や静――と私の名前を呼んでくださった昔のように、懐かしい判官様の世にもう一度したいものよ）

静は続けて謡い舞う。

一尺の布は　猶縫うべし
　況《いわん》や　是れ繰車《くりぐるま》　百尺の縷《いと》

（一尺の布でさえ、縫い方次第では衣にできる。まして百尺の布であれば、どうしてできないことなどあろうか）

この歌は、中国の故事に倣ったものである。漢の劉邦の第七子劉長は、文帝の異母弟だった。劉長は粗暴だったが文帝はこれを許してきた。しかし劉長は謀叛し、文帝はこの弟を流罪にした。その途中で劉長は自死した。文帝は劉長に厲王《れいおう》という諱を贈った。人々はこう言った。

一尺布　尚可縫
一斗粟　尚可春
兄弟二人　不相容

（わずか一尺の布でも兄弟二人分の衣服を作ることができる。わずかひしゃく一杯の粟でも臼

で挽いて兄弟で分けて食べることができる。それなのに兄弟二人が許しあえぬとは）

この故事に寄せて、静は謡い舞ったのである。これらの歌や舞が頼朝の感情を害することは、無論承知の上だった。死罪に処せられることも覚悟していた。

みな、静まり返って静の歌に聞き入り、舞に見入った。その芸は素晴らしく、まさに梁《はり》の上の塵《ちり》も感激のあまり動くというほど、人々の心を動かした。

頼朝一人だけは不興だった。

「鎌倉八幡宮の前で芸を施そうというのならば、坂東の万歳を祝す舞を舞い謡うべきところ、反逆の義経を慕い、このような歌を謡うとは、まことにふとどきだ」と腹を立てて言った。

政子は、静を庇ってとりなした。

「昔を思い出してください。貴方が伊豆に流された時、私と契りを結びましたが、私の父北条時政は平家を恐れて、密かに私を閉じ込めてしまいました。しかし、私は貴方に従い、暗夜を迷いながら雨をしのいであなたのもとに参りました。石橋山の戦に出られた時は、貴方の生死もわからないまま、日夜魂の消える思いでした。その愁いは今の静の心でしょう。もし、義経との多年の愛を忘れて慕わないなら、静は貞女とは言えません」

頼朝は何かを考えるように沈黙した。大勢の郎党の居並ぶ前で、自分たちのなれそめを語る政子の堂々とした態度に圧倒されていたのだ。

頼朝の怒りは収まった。しばらくの後、卯の花の重ねの衣を引き出物として静に贈った。

その後、静は頼朝の長女大姫の頼みを受けて勝長寿院で舞った。

大姫は、静に深く心を寄せていた。

大姫は、木曾義仲の長男義高と婚姻を結んだ。寿永二（一一八三）年春のことである。十一歳と七歳の幼い夫婦である。侍女たちをはじめ大蔵御所の人々は、幼い夫婦を慈しんで見守っていた。大姫も義高を慕った。

だが、義仲と頼朝が不和になり、義仲は京近郊で義経・範頼軍と戦い、敗死する。その後、頼朝は、将来の禍根を断つため、義高の殺害を決める。そのことを知った大姫や侍女たちは義高を女装させ、鎌倉を脱出させた。しかし、武蔵国入間郡に逃げたところを頼朝の追手に捕えられ、入間川河原で斬殺された。

それを知った大姫は、悲しみのあまり、食も受け付けなくなって病に伏した。その後も大姫の心は癒えることはなかった。義高の追善供養、読経、あらゆる寺での祈禱も効果はなかった。

静が大姫の前で舞を舞った時、大姫は十歳になっていた。静は心をこめて舞い、謡った。

昔を今になすよしもかな　昔を今になすよしもかな

大姫の目から大粒の涙がこぼれた。舞終わった静は、大姫の前に伏し、その手を取った。

「姫、どうぞ心強く生きてください」

二人は手を取りあって泣いた。


文治二（一一八六）年七月、静は義経の子を出産した。

頼朝は、生まれた子が女子ならば静に与え、男子であったら生命を断つと決めていた。

果たして男子であった。

家主の安達新三郎が請け取りに赴いた。

「赤子を渡してもらいたい」磯禅師と静を前にして言った。

「この子は私の子です。誰にも渡しません」

静は赤子を抱きかかえて伏し、泣き叫んだ。

「頼朝殿の命令だ、渡してもらいたい」新三郎は重ねて言った。

「いやです、いやです。渡しません」静は赤子を庇うように背を向けたまま泣きじゃくる。

「渡してもらわなければ、私が誅される。そなたたちの命の保証もできぬ」

それを聞いた磯禅師が赤子を静から奪い取って新三郎に渡した。

静の様子を聞いた政子は愁い嘆いた。

「義経の子だからといって殺すという貴方は非道です。他になさりようがあるのではないですか。引き取って我が子として育てるということも考えられます」と、頼朝を宥めた。

頼朝は、

「赤子は、長ずれば必ず自分の出自を知る。平治の乱の時、私は池禅尼の懇願で生命を助けられた。だが、平家は私を助けたことが仇となり滅びてしまった。鎌倉を平家の二の舞にしたくはない」と言って政子の懇願を頑としてはねつけた。

政子はため息をついた。自分の意に従わない者、敵対しそうな者は、徹底的に追い詰めるという頼朝の性癖が、敵を多くつくることにもなるのだが、これ以上反論しても結果は同じだ。

赤子は、新三郎の手で由比ヶ浜の砂浜に埋められた。


九月、静と磯禅師は帰洛の途についた。大姫は静を深く哀れんだ。父頼朝が恨めしい。大姫には、自分の政《まつりごと》の安泰のために、義高や静の子を殺す父がどうしても理解できない。

人の哀しみの上に築かれた覇権など、何の意味があるのだろうか。

大姫と政子は、静に多くの金銀財宝を持たせた。

京に帰ってからの静の行方はわからなかった。しばらくして、静は摂津大物浦で入水した、という噂が流れた。かつて、再起を図る義経と共に西国へ船出をしようとして、折からの暴風雨で果たせなかった湊である。

母磯禅師のその後の行方は杳としてわからない。静御前と孫の菩提を弔うため、出家してどこかの山に籠ったというが、彼女を見たものはいない。

鎌倉の大姫は、その後も鬱情から抜けることなく、床に臥す日々が続いた。

第九章　頼朝の奥州攻め

頼朝と秀衡

義経を平泉に迎えたのは既に出家していた秀衡だった。秀衡はこの時、頼朝を敵にまわす覚悟を決めていた。だが、戦だけは避けたい。西行との約束もある。なんとか話しあいで決着できればと思っていた。平泉には、曾祖母亜加、祖父清衡からの理念がある。陸奥を、戦いのないこの世の浄土にするという理念である。源平合戦の時、平家の出軍要請に応じなかったのは、それ故である。

秀衡は嘉応二（一一七〇）年五月、平清盛の推挙で、従五位下鎮守府将軍に補任されていた。

「奥州夷狄秀衡が鎮守府将軍に任ぜられた。乱世のもとなり」と公卿たちは憂慮した。秀衡は、藤原秀郷の後裔であっても、奥州に住むだけで夷狄であった。彼らはこの清盛の人事に大いに不満だった。

その上、秀衡は、養和元（一一八一）年に陸奥守に任ぜられている。右大臣九条兼実のもとへ、後白河法皇の意向が伝えられた。

「頼朝の勢力は強大で、京都の官兵だけでは対抗できない。よって、陸奥の住人秀衡を陸奥の国司に任ずる」

平家の意を受けた法皇の言葉に、兼実は、

「異議はない。秀衡を陸奥守に任ずること何の問題はない」と即答した。

しかし日記にはこう書いた。

「この事、先日議定有し事なり。天下の恥、何事か之に如かんや。悲しむべし、悲しむべし」

また、こうも書く。

「秀衡を陸奥守に任命することは、奥羽の地をむなしく失わせてしまうことになる」と。

兼実は平家が勝手に行なった人事であるとし、奥州藤原氏を陸奥守にした平家の言い分は許されないというのである。だが、平家の朝廷内での発言力は強く、賛成するしかなかった。

夷狄の棟梁秀衡。公卿たちが陸奥・出羽に住む人々を夷狄と称したのは、中国の王朝が周辺民族を東夷、北狄と侮蔑的に呼んだのを、そのまま踏襲して使った言葉である。

そのことは、秀衡自身、充分に承知していた。平家にしても同じである。いつもは東夷と蔑みながら、何かあるとその財力と武力を当てにする。鎮守府将軍も陸奥守も、秀衡が自ら望んだ地位ではない。鎮守府将軍に任命した清盛は、宋の文物を輸入するために、奥州の砂金が欲しかったからだ。

また、秀衡が陸奥守に任命された前年の治承四（一一八〇）年は、頼朝が以仁王の宣旨を受けて伊豆韮山で挙兵した年だった。周辺から頼朝を包囲するという平家と朝廷の戦略の一つだったのだ。しかし、秀衡は立たなかった。

朝廷と頼朝を敵にまわした義経にとって、陸奥守藤原秀衡は最後の砦だった。武家の棟梁でありながら、熱心な仏法の信者である秀衡は慈しみのある人だ。自分を見放すことはない。奥州への一度目の下向の時に感じた秀衡の人柄を、義経は信じた。だが、頼朝の秀衡に対する圧力は日ごとに強くなる。

文治二（一一八六）年には、頼朝は秀衡に書状を送り、奥州から朝廷に送る貢馬・貢金については、自分が取り次ぐから、鎌倉に送るように要請している。これは後鳥羽天皇の命令であるとも書いていた。

「御館《みたち》は奥六郡主、予は東海道の惣官なり。魚水を成すべき」とも述べていて、秀衡とは友好関係にありたいとしているが、秀衡を下にみた無礼な申し出であった。頼朝は平泉と朝廷との分断を意図していたのだ。しかし、秀衡は頼朝の要請を受け入れ、忠実に履行した。

鎌倉を経由しての奥州藤原氏の貢馬については、「貢馬御覧」といって、頼朝自ら馬の検分を行なった。その中の気に入った馬を自分のものにすることもあった。

五月、秀衡は、馬三疋、長持ち三棹を鎌倉に送った。馬は鎌倉で一両日留め置かれ、使者を添えて京に送られた。十月には、陸奥国の貢金四百五十両を鎌倉に送り、二日後京に送られた。奥州と鎌倉の駆け引きだった。

明けて、文治三年二月、義経は平泉に到着した。だが頼朝は未だそれを知らない。四月には鎌倉で、義経の行方を占う祈禱が行われた。

さらに頼朝は、後白河院の院宣を盾に、秀衡に要求を突き付けてきた。

一つは、鹿ケ谷の陰謀に加担し、清盛によって奥州に流されていた後白河法皇近臣の中原基兼《なかはらのもとかね》を京に帰すこと。

もう一つは、陸奥からの貢金は年々減っているが、東大寺再建の鍍金が多く必要なので、三万両を納めること。

三つ目は、平家追討等について、戦功がないではないか、だった。

頼朝の要求への秀衡の回答は、

一に対しては、本人が上洛したくないと言っているので、その意志を尊重しているだけで、無理に拘束しているわけではない。

二に対しては、三万両は甚だ多い。先例で広く定められているのも千両に過ぎない。特に近年商人が多く境内に入り、砂金を掘りつくしているので、求めに応じられない。

というもので、三に対しては、何の回答もなかった。

これに対し頼朝は、秀衡は院宣を重んじず、恐れる気配もない。要請を承諾しないのは不埒であるとして、さらに圧力をかけるべく、後白河院に要請した。

秀衡にとってこれらの要請は言いがかりとしか思えなかった。応じるわけにはいかない。

義経の所在を知ったのは文治三年の秋であった。頼朝は内心ほっとしていた。

西国や四国に逃げたなら、義経を討ち取りにくい。そこには、まだ頼朝の勢力の及ばない地域がいくらでもあり、今のところ制覇する気持ちもなかった。しかし、奥州は違う。北の脅威は頼朝の頭から離れない。それに、奥州には河内源氏代々の宿意があった。二代頼義の前九年合戦、三代義家の後三年合戦。勝利はしたものの、結局、藤原清衡が最後の勝者となって、平泉政権を打ちたてた。

義経追討の宣旨が出ている今こそ、奥州に駒を進める絶好の機会だ。頼朝は義経の身柄の引き渡しを秀衡に要求した。しかし、秀衡からは、「われを頼ってきた者を引き渡すのは、義理に反する」と断ってきた。

頼朝は、後白河法皇へ訴えた。

「秀衡入道が義経を扶持し、反逆を起こす由」と。

これに対し後白河法皇は、秀衡宛てに問いただす下文を出した。秀衡は、「謀叛する意志はないことを、謝して申し上げます」と答え、後白河もそれ以上は追及しなかった。

下文を持って平泉へ行った雑色によれば、合戦の準備をしている様子だったという。秀衡は、戦は避けられないという覚悟はあったが、あくまでも防衛戦であって、白河の関以南には兵を進めないと決めていた。

秀衡にしてみれば、義経が平泉で静かに暮らすことだけを願っていた。娘婿にとも考えたが、義経には既に郷御前という正室がいる。

頼朝に対しては、反逆の意志はないから、そちらからも攻めてくれるなというのが切実な願いだった。

秀衡の思想

秀衡は自らの仏教信仰の具現化である「無量光院」の造営に着手した。「無量光」、すなわち「永遠に無限の恵みをもたらす光明」の在る「院」である。罪を犯した人も救われるという、「観無量寿経」の大意をその四壁の扉に図絵として描いた。
秀衡はこれまで、合戦で兵や民を殺したことはなかった。しかし、もし義経のために頼朝と戦わなければならなくなったら、それは叶わなくなる。「彼我の多くの死」を生む。
曾祖母亜加、祖父清衡の仏法思想は代々受け継がれたが、三代秀衡がその思想の一番の体現者だった。

秀衡の父基衡は壮絶な跡目争いの末、大治五（一一三〇）年に二代目を継いだ。室は安倍宗任の娘である。そして、念願である毛越寺を造営する。毛越寺という名称は、毛（上野国・下野国）と越（越後国）の寺を意味する。支配を両国にまで及ぼしたいという基衡の願いだった。彼は父清衡よりは現世利益に重きを置いた現実主義者であり、権威に屈しない剛の者だった。体軀も威風堂々の巨漢だ。

基衡は毛越寺を建立し、本尊薬師仏の制作を仏師運慶に依頼した。その際のお礼として、「金百両、鷲羽百尻、アザラシ皮六十余枚、安達絹千疋、希婦の細布二千端、糠部の駿馬五十疋、白布三千端《たん》、信夫の毛地摺《もちずり》千端」や「山海の珍物」を送った。運慶は三年かけて仏像を完成させた。しかし、出来上がった仏像を拝した鳥羽法皇は、その素晴らしさに大変驚いて、「これを洛外に持ち出してはならぬ」と言った。これを知った基衡は驚き、持仏堂に籠りきりになり、飲み物も断って座し、七日間祈禱に明け暮れた。

「許されない限りここを出ぬ、死ぬことも厭わない」と公言して周囲を驚かせた。

関白藤原忠通が法皇にとりなして、仏像は毛越寺に安置された。これも忠通への大量の貢物のおかげであった。

基衡の時代、中尊寺と毛越寺の寺塔八十余、禅坊は八百余あって、堂塔には多数の仏像が安置された。毛越寺が完成したのは秀衡の時代だが、基衡は平泉の権勢を天下にしらしめようと考えていた。彼は年貢のことでも朝廷と互角に渡りあっていた。

藤原頼長が奥羽に所領する荘園五カ所、高鞍、大曾禰、本良、屋代、遊佐庄の年貢の多大な増額に反対し、頼長と数年来交渉を重ねた。一歩も引かず勝利したのだが、その間、基衡は、朝廷内で「おくのえびすもとひら」と侮蔑的に呼ばれていた。

彼の時代に白河の関から津軽外浜までの奥六郡、また仙北三郡の安定的統治が確立したが、朝廷から公認されたものではなかった。公に認められたのは秀衡の時代である。

保元二（一一五七）年三月、脳溢血で死去した基衡の跡を継いだ秀衡は三十六歳になっていた。秀衡は基衡の遺志を継いで毛越寺を完成させると共に、宇治平等院を模して「無量光院」を造営した。本尊は平等院と同じ阿弥陀如来で、建物の配置も平等院を模した。浄土庭園の中心に池があり、そこに阿弥陀如来を祀った本堂がある。西には金鶏山が聳え立ち、庭園から見ると夕陽が本堂の背後にある金鶏山へ沈んでいくように設計され、浄土思想を現していた。

「無量光院」は平泉の真ん中に位置し、その隣が政庁平泉館であった。彼は、仏法の思想と政《まつりごと》を深く結びつけた。

秀衡の仏法思想の根本は、殺生と救済の問題だった。それは、祖父清衡の、「官軍の兵も、エミシの兵も、生きとし生けるものすべてを浄土に導く」という思想を受け継ぎ、彼の心の内で一層深化させたものだった。

秀衡は政教一体を目指した。平泉館―無量光院―伽羅御所である。政庁―阿弥陀如来の慈悲を祈る場所―居館。その三位一体の中心が無量光院であった。すなわち、政と生活という現実の真ん中に仏の慈悲を置いたのである。

秀衡は、陸奥・出羽諸郡の十七万の兵を率いる武家の棟梁であり、また、祖父清衡の血を受けた知性の人。敵対する相手との駆け引きにも長けている。頼朝や後白河法皇と堂々とわたりあって退かなかった。義経を匿って、平泉軍の総司令官ともした。

武装中立を貫く秀衡は、頼朝にとって手強い鬼門の将軍であった。

四代泰衡の決断と義経の死

義経が平泉に入ってから九カ月後の文治三（一一八七）年十月、三十年間奥羽に君臨した秀衡が死んだ。六十六歳だった。

義経は遺骸にとりすがり、男泣きに泣いた。実の親義朝は知らず、義父一条長成とは幼い頃に別れた。義経にとって秀衡は、親以上の親だった。また、秀衡の死と共に自らの武運も危うくなったことを、痛切に感じていた。

秀衡には六人の息子国衡、泰衡、忠衡、高衡、通衡、頼衡と一人娘麻がいた。国衡が長子だったが、嫡妻の子ではなかったので、二男泰衡が奥州藤原氏四代を継いだ。泰衡は貴公子然とした御曹司で、奥羽十七万の兵を率いる武将にしては線が細い。人を統る力も父秀衡に遠く及ばない。それに比べ国衡は、堂々たる体軀の持ち主で、弓矢も騎馬も抜きん出ていた。

秀衡の生前から、二人の間には微妙なものがあった。長子であっても嫡妻の子でないことから跡目を継げなかった国衡の不満、それを知っての頼朝からの接近があった。頼朝は平泉政権の切り崩しを謀っていたのである。

秀衡は、泰衡と国衡の不和に心を痛めた。自分の死期の近いことを知った秀衡は、二人を呼んでこう言った。

「そなたたち二人、仲よく私亡き後の平泉を支えていってくれ。国衡、私亡き後は、泰衡の母成子を娶ってほしい。そして、義経殿を中心に、泰衡と共に平泉を守っていってくれ。のだ」

秀衡の継室成子は、前民部省輔藤原基成の娘である。自分の室であり、泰衡の母である成子を国衡の室にと言ったのは、二人の融和を願ってのことだった。また、基成に二人の岳父として、平泉政権のご意見番になってほしいという期待もあった。しかし、泰衡や国衡にとってはかなり無理な提案である。二人とも、秀衡ほどの器量を持った男ではない。秀衡の眼には既に、死後の平泉政府の瓦解が見えていたに違いない。

平泉の独立を守るためには秀衡の存在そのものが必要だったのである。成子も、秀衡の言葉だから肯首できたのだ。しかし、秀衡がこう遺言せざるを得ないほど、頼朝の攻勢は強く、平泉は一段の結束が必要とされていた。


秀衡死去の知らせが京に届いたのは、文治四年正月のことだった。

二月二十一日の宣旨では、頼朝の要請に答える形で、東海・東山道の国司、武勇の者に義経追討を命じた。この宣旨に添って出された院庁下文では、藤原基成と泰衡に、義経を召し捕えるよう命じている。しかし、基成からも泰衡からも返答は来なかった。

平泉では、義経の処遇を巡って泰衡と三男忠衡の間で激論が戦わされていた。泰衡は義経を鎌倉に差し出すべきと主張した。

これに対し忠衡は、

「父上は、義経殿を中心に平泉を死守せよと仰せられた。父上の遺言に背くことはできぬ」と言う。

「父上が戦を忌み嫌っていたことは、お主とて知っているだろう。義経殿を差し出せば、鎌倉殿も攻めては来まい」泰衡は答えた。

「兄上は甘い。鎌倉殿は奥羽を手に入れたいのだ。義経殿のことは口実だ」忠衡は断言した。

泰衡は善良な御曹司だった。戦のない平和な時代に育った彼は、政《まつりごと》に対する知略も、俯瞰的にものを見る目も持っていなかった。それに歳も三十四歳と若い。数々の戦を経験してきた老獪な頼朝に立ち向かうことはできない。

国衡が重い口を開いた。

「私は泰衡殿の意見に賛成だ。だが、もし鎌倉が攻めてきたら、平泉を出てでも戦う」

継母であり妻でもある成子の存在が国衡の頭を過った。頼朝に与することはやはり自分にはできない。平泉と命運を共にする覚悟だ。

朝廷は頼朝に直接、義経追捕命令を出していない。朝廷にとっては、鎌倉幕府がこの問題に介入するのを防ぎ、頼朝の増大する朝廷への発言力を封じたかったのだ。

しかし、秀衡の死後、平泉は結束力を失っていた。

義経は平泉を脱し京都に戻ろうとした。叡山の僧や後白河院近臣の間では、これを迎えようという動きがあった。

文治五年には、刑部卿《ぎょうぶきょう》藤原頼経、按察使《あぜち》大納言藤原朝方、左近の少将藤原宗長、出雲国目代兵衛尉政綱らが義経に与力しているという通報が鎌倉にあった。

頼朝は、蔵人見習いの時沢を京都へ赴かせ、義経のこと、朝廷は何故急いで対処しないのかと申し入れた。

奥州平泉の藤原泰衡が義経を匿っている。反逆者である義経に同意していることは間違いない。許可がなくても征伐に行きたい。また、朝廷には義経に同意した者がいるので、官職を解くように。比叡山の僧兵たちが義経に味方して蜂起しようと武器を集めているので、これを懲らしめていただきたいなどと申し入れた。

藤原頼経、藤原宗長と藤原朝方が任を解かれた。

三月十日、頼朝の再三の要求を受け入れて院宣が下った。泰衡に対して、義経を追討せよという院宣である。その一方で、貢金の催促もしていた。しかし、泰衡から返事は来なかった。

一方、頼朝は三月、四月と、義経追討発布を奏請する。しかし、朝廷は言を左右にして、発布しなかった。しかし、頼朝の平泉への圧力は激しさを増していく。

泰衡は、忠衡、通衡の反対を押しきり「義経を討つ以外に平泉政府を生かす方法はない」と決断した。

「天子の命令」と「頼朝殿の仰せにより」、百騎の手勢で衣川館の義経を襲った。義経の郎党二十数名は奮戦したが、ことごとく討たれた。義経は持仏堂に入り、妻郷御前と娘義子を刺し、念仏を唱えながら自害した。

文治五年四月三十日のことである。義経三十一歳、郷御前二十二歳、娘義子四歳だった。

頼朝の奥州攻め

義経討滅という泰衡の飛脚が鎌倉に届いたのは、五月二十二日のことである。朝廷が義経の死を知ったのはその一週間後の五月二十九日。

親頼朝派である九条兼実は、「天下の悦び何事かこれに如かんや、実に仏神の助けなり。さて頼朝卿の運なり。言語の及ぶところにあらざるなり」と喜んだ。兼実は、親義経派の公卿たちの鼻をあかした心境だった。

六月八日、先月京都に遣わした飛脚が鎌倉に戻り、朝廷の意向を伝えた。

義経誅罰のこと、殊に喜ばしいと院が仰せ申す。これで国中が太平となった。今は弓矢を収めるべきであるというものである。朝廷としては、頼朝が追討宣旨を出せとうるさく言ってきた当の義経が、奥州藤原氏の手で誅されたので、これで、合戦は終わりにしたいというのが本音だった。

これに対し頼朝は、今度は奥州藤原氏追討の宣旨をいただきたいと朝廷に申し入れた。

朝廷からは相変わらず宣旨が届かない。後白河法皇は、奥州との合戦に否定的だった。平泉からは欠かさず貢金がある。それに、戦乱や地震で諸国疲弊の折、これ以上の戦は無謀と思っていた。「天下の無事」こそ後白河法皇の願いだった。

若き日の後白河は、「今様」狂いの暗愚といわれたが、戦世《いくさよ》の星霜を経て、賢主となっていた。

六月十三日、「その頸、追って進んず」の言葉どおり、黒漆の櫃に納められた義経の首が泰衡の郎党新田高平によって、鎌倉西腰越に届けられた。酒に漬けられた義経を実検したのは、和田義盛と梶原景時であった。

しかし、頼朝はこれでも満足しなかった。

源氏累代の宿願である奥州制圧の時が来たことを、いっそう強く感じ始めていた。是非とも成し遂げたい。

義経亡き後、奥州藤原氏追討の公然の理由はない。そんなことはどうでもよいのだ。だが、朝廷へ重ねて出した「奥州のこと、なお追討の宣旨を下さるべき由」と申し入れた文への返事はなかなか来ない。宣旨が来なければ大義はない。頼朝は焦っていた。

父義朝からの家人である古老大庭景能《おおばかげよし》が進言した。

「奥州藤原氏は、河内源氏の始祖からの家人であったので、これを誅罰するのに勅許は必要ありません。それに、戦陣では、現地の将軍の命令が朝廷の意向より優先されます。奥州征伐に何の憂いがありましょうか」

「奥州藤原氏の祖先は河内源氏の家人」というのは、泰衡より四代前の藤原経清が、頼朝より五代前の源頼義に捕えられた時に蔑んで言われた言葉である。だが、古来、秀郷流藤原氏が河内源氏の家人であったことはない。

が、頼朝はその言葉に奮い立った。

大庭景能は坂東八平氏の一流で、後三年合戦の勇者鎌倉権五郎直系の武士だった。

七月十九日、朝廷の宣旨は届かなかったが、一千騎の直臣をもって鎌倉を発進した。鎌倉の正義のために、武士の王朝からの自立・独立のために、今こそ戦う時だ。

「錦の御旗」なき戦陣は三手に分かれ、海道軍は、千葉常胤と八田知家《はったともいえ》率いる武士団、北陸道は、比企能員《ひきよしかず》、宇佐美実政《さねまさ》率いる上野・下野を中心とした武士団、頼朝率いる中央軍は、畠山重忠、平賀義信、安田義定、和田義盛、三浦義澄、梶原景時らの主要武将で構成していた。途中、宇都宮、佐竹らと合流した。鎌倉を発って十日後、白河の関を越えた。白河の関は廃れて関守はいない。平泉側の抵抗もなかった。合戦準備が間に合わなかったのである。

頼朝は梶原景時に、古《いにしえ》より奥州への関門である白河の関で歌を詠むように命じた。

秋風に草木の露を払わせて
　君が越ゆれば関守もなし
　　梶原景時

関守も居らず、泰衡軍の迎え撃ちもなく、やすやすと白河の関を越えた鎌倉軍を、大鳥近く石那坂で迎え撃ったのが、信夫郡大鳥城主佐藤基治であった。義経の従者として平家と戦い死んだ佐藤継信、源頼朝の追手と戦い壮絶な死を遂げた忠信、二人の兄弟の父である。信夫佐藤氏は、陸奥国信夫郡、伊達郡、さらに出羽国で勢力を伸ばし、奥州藤原氏の縁戚の中でも高い地位にあった。

佐藤基治を打ち破ったのが、頼朝御家人常陸入道念西（後の伊達朝宗）である。念西は、藤原北家出身といわれるが、貴族出身とは思えない戦略上手の武将だった。後に戦功により陸奥国伊達郡を賜り、以来伊達氏を名乗った。

鎌倉軍はさらに伊達郡阿津賀志山《あつかしやま》に向かう。ここは、国衡が二万余騎で陣を張っていた。これより北の国分原鞭楯《むちだて》では泰衡が本陣を構え、阿津賀志山と鞭楯の間を主要抵抗線とした。阿津賀志山では国衡が抗戦したが、畠山重忠軍の精鋭小山朝光、加藤景廉、大串次郎らが土湯峠から国衡陣の背後にまわり、鬨の声をあげ矢を放った。国衡の陣は大混乱となり、国衡は敗走する。その途中、和田義盛の矢を腕に受け、その上、馬が深田にはまり動けなくなり、国衡は奥州一の名馬高楯黒と共に討死した。この敗報を聞いた本陣の泰衡は、戦わずして北へ逃走した。

頼朝は、多賀国府まで無抵抗で進み、海道軍も一戦も交えることなく亘理郡逢隈湊《おおくまみなと》に着いた後、多賀城に入り本体と合流した。

この間、北陸道の比企・宇佐美の軍勢も、迎え撃つ藤原氏郎党田川郡郡司田川行文・秋田郡郡司秋田致文《むねぶみ》の軍を破って、出羽を攻略した。

第十章　奥州藤原氏滅亡

泰衡の死

奥州軍が強い戦意を持たず、迎撃態勢も整わないまま戦闘に臨んだのが敗因だった。泰衡自ら負け戦と見込んでいた。

いや、戦いたくなかった。清衡以来の奥州藤原氏の理念が泰衡の身体に沁みついていた。「彼我の死」を伴う戦は避けるという思想である。それに、「罪なくしてたちまち征伐あり」が、泰衡のこの時の考えだった。

文治五年八月二十二日、頼朝が平泉に到着した。敗走する泰衡は、伽羅御所や平泉館に火をかけて、さらに北へと向かった。泰衡は、平泉を戦場にしたくはなかった。敵に蹂躙されるくらいなら、自らの手で終焉を迎えたかった。

奥州藤原氏四代の栄華はたちまち灰となり、その跡を初秋の風が吹き抜けていく。館跡の周り十町ほど、全く人影は見当らなかった

頼朝は、何の抵抗もなく平泉に入った。

平泉に駐留している頼朝のもとに、泰衡の書状が届けられた。

伊予守義経の件につきましては、父秀衡が援助したことで、私はそのいきさつについては存じません。父の死去後には、ご命令どおり、伊予守殿を誅しました。このことは勲功に当たる行為と思いますが、しかし今、罪なく征伐を受けるのは、どういうお考えからでしょうか。そのため私は祖先の土地を離れ、山林を住まいとしていて不便の極みです。奥羽両国は既に鎌倉殿の支配である以上、この泰衡を許していただき、御家人に列せられたいと存じます。それが許されないのなら、死を免じ遠流に処していただきたい。私は肥内あたりにいますから、ご返事をいただきたい。

頼朝の奥羽侵攻の理不尽を主張し、自分の身の扱い方について温情を懇願した。卑屈な

までに下手に出た哀れをもよおす書面だ。側近たちは思わず顔を見合わせた。

だが、心を動かされる頼朝ではなかった。

「泰衡は、返事は出羽国肥内あたりに届けろと言っているから、そこを徹底的に捜索しろ」と命令すると共に、

「泰衡の残存部隊には投降し頼朝軍に付くよう、また泰衡の居場所を知らせるよう呼びかけろ」と付け加えた。

泰衡は、「山林と交わるとも生き延びる」という決意のもと、嫡男時衡と共に、十三湊福島館の領主で叔父にあたる藤原秀栄《ふじわらのひでひさ》と、その配下にあり、共に十三湊を支配している大《おお》河兼任《かわかねとう》を頼った。泰衡は、その後夷狄島《えぞがしま》へ落ち延びる予定だった。

その途中、肥内郡贄柵《にえのさく》の領主で泰衡の郎党である河田次郎の所へ立ち寄った。河田は、いったんは泰衡を受け入れたものの心は揺れていた。奥州藤原氏の譜代の郎党ではあったが、特別な恩義は受けていない。鎌倉軍からの参陣の呼びかけもあった。

平泉は既に攻め落とされた。ここにも、頼朝軍の蹄の音が今にも聞こえてきそうだ。

河田は郎従佐々木貞久に相談した。

「平泉はもう負け戦です。後のことを考えて、鎌倉方についた方がいいでしょう。そこで、泰衡殿をお守りするという口実で、泰衡殿の居所の周りを兵に取り囲ませます。そうして、

折を見て攻め込み、泰衡殿の首をあげましょう」

「そうだな、それがいい。我々が生き延びるにはそれしかない」

九月三日の明け方、泰衡襲撃が決行された。泰衡は時衡を守りながら激しく応戦し、顔に無数の傷を受けて時衡と共に討死した。

河田が首桶に首級を入れて、頼朝軍の駐留する志和の陣ヶ丘へ出発した後、贄柵の領民たちは、首のない泰衡の遺骸に直垂を着せ手厚く葬った。

しばらくして、泰衡の嫡妻嬉《よし》の前が、贄柵の手前一里ほどの八木橋五輪台に到着した。夫と時衡の死を知った嬉の前は「一人で生きてもせんなきこと」と言って、短刀で咽喉をついて果てた。しかし、泰衡が郎党に託した二男秀安は、比爪館の藤原俊衡の所に無事保護され、三男泰高と末子麻は、津軽十三湊の秀安と郎党大河兼任の所へ逃れていた。

比爪の館

一方、平泉から志和《しわ》郡比爪《ひづめ》に向けて進軍していた頼朝は、江刺郡稲瀬門岡にさしかかった。低い丘陵の裾野に二層建ての立派な寺が見える。

「あの寺はどういう寺か？　由緒ある寺に見えるが」頼朝は問うた。

「極楽寺と言います」

頼朝に付き従っていた横山時広・時兼親子が轡を並べながら言った。横山は、武蔵国多摩郡横山荘を領する頼朝の郎党である。時広の曾祖父横山経兼は、前九年合戦で頼朝の五代前頼義に随身し、安倍氏追討に功のあった人物である。

「極楽寺は、今から三百三十年余り前、朝廷の定額寺に指定された由緒ある寺です。その後は、安倍氏一族が信仰・庇護しました」横山は答えた。

「そうか。陸奥には昔から仏教も入っていたのだな」

頼朝は、夷狄の地と京の人々が蔑んで言う陸奥が、平泉ばかりでなく何処でも仏教信仰の厚いことに驚いていた。文化も進んでいる。延々と続く奥大道の両側には、仏像が安置され、寺も所々に配置されている。清衡の時代に安置された仏像群であり、造られた寺々である。

陸奥の山々は紅や黄色に色づき、秋天の陽の光に輝いている。日高見川の豊かな流れ。田も実りの秋を迎えていた。北に進むにつれ、山々の紅葉が里まで下りてきていた。

九月四日、志和郡比爪に到着した。

志和には、泰衡の父秀衡の従弟俊衡の比爪舘があった。平泉と同等の奥州藤原氏の重要な拠点である。

俊衡は、初代清衡の四男清綱の子である。清綱は祖父経清と同じ亘理郡を拠点とし、亘理権十郎を名乗った。その後比爪館に移り、志和、矢巾《やはば》、厨川《くりやがわ》を支配した。息子俊衡の時代になっても、北の要の地位は変わらなかった。

頼朝は、比爪館の北方一里余の所にある陣ヶ丘蜂森に陣を敷いた。ここは、百二十七年前の康平五（一〇六二）年の同じ九月、源頼義が安倍貞任の拠点厨川柵を攻略した時に陣を構えた地であった。

頼朝の到着から間を置かず、北陸道の泰衡軍を打ち破った比企能員・宇佐美実政の軍勢が陣ヶ丘に到着した。とりあえずの戦勝を祝し、陣ヶ丘は喧噪の坩堝だ。

鎌倉を直臣二千で出発した頼朝率いる中央軍は、進軍の道々で、坂東の武者が大勢参加し、また、常磐道、北陸道の軍も合流し、二十万余の大軍に膨れ上がっていた。雲霞の如く集まった兵たちに驚いた地元の民は、田畑を放り出して遁走した。この年は作物の実りがよくなかった。大軍の兵糧を賄う食料も、思うように調達できない。

兵たちの略奪が横行し、混乱は続いた。領民は山に潜んで、鎌倉軍が一日も早く去ることを願った。

九月六日、泰衡の首級を手に河田次郎が到着した。

頼朝は褒めるどころかこう言った。

「泰衡を討つのは我が事であった。しかも、泰衡殿は降伏の申し出をしてきて、わが掌中にあった。泰衡殿に武力を用いることはなかった。それなのにお主は、譜代の恩を忘れて主人を殺した。罪八虐に値する」

頼朝は、父義朝を思い出していた。義朝は、平治の乱で敗れ、退却の途中、家臣の尾張国野間内海荘の司長田忠致を頼って裏切られ、入浴中に謀殺された。頼朝は武士の義を重んじた。河田次郎は長田忠致と同じではないか。泰衡と相まみえる合戦をしたかったが、その機会も逃した。

河田は従容と死に赴いた。おのれは武士の義理に背いた。いや、人としての信義である。改めてそれを知らされたのである。

河田が持参した泰衡の首は、祖先の源頼義が安倍貞任の首を梟首したのに倣い、眉間に長さ八寸の鉄釘を打ちつけ、晒しものにした。河内源氏相伝の首掛けの儀式である。

この梟首《きょうしゅ》を頼朝は、横山時兼の郎党七太広綱《しちたひろつな》に命じた。広綱の祖先は横山時兼の高祖父経兼の郎党で、源頼義が厨川で安倍貞任を打ち破った時、貞任の梟首を行なった人物である。その子孫を召し出し泰衡の梟首を命じた。頼朝のこだわりだった。

百年の旧主奥州藤原氏を失った志和比爪の人々の悲しみは深く、頼朝に対する恨みは渦巻いていた。

比爪だけではない。陸奥・出羽の民百姓は戦乱を恐れ、田畑を捨てて山に逃げ込んでいた。その途中で、幼い子を失い、夫婦別れをし、床に就いていた老いた親を見捨てざるを得なかった。みな、穏やかな日常から切り離されて、苦しみを背負っていた。

古くから、度々の侵攻に晒されてきた陸奥の大地。常に武力を前に黙するしかなかった。頼朝も民衆の暗黙の敵意を感じていた。泰衡は死んだ。朝廷の宣旨が出ていない戦で、これ以上陸奥を痛めつければ何が起こるかわからない。戦の矛を収める時期だ。

頼朝がそんな決意を固めていた九月九日、奥州征伐の宣旨が届いた。日付は、奥州に発進した七月十七日となっていた。朝廷はやむを得ず頼朝の奥羽侵攻を認めたのである。

陣ヶ丘に、比爪館の館主比爪俊衡が息子たちや弟の比爪五郎季衡とその息子と共に出頭し、降伏を申し出た。

比爪氏は、志和郡一体をはじめ、赤沢川、佐比内川、滝名川流域の砂金採集と馬と塩の管理をし、平泉本家を支えていた。

比爪館の主比爪俊衡は、入道蓮阿《れんあ》といい、六十歳と高齢だが、気骨だけは若者に負けない。敵に明け渡す前に自らの手でと、比爪館に火をかけた後、頼朝のもとへ出頭した。頼朝の前に引き出された時はただ念仏を唱えるだけで、何を聞いても答えなかった。頼朝は、この熱心な法華経信者を許し、仏に仕えることを条件に、比爪氏の本所を安堵した。俊衡の妹乙和子《おとわこ》は、信夫郡を治めた佐藤基治の後妻で、義経に仕えた佐藤継信、忠信兄弟の母である。

その後俊衡は、比爪政庁の一部である大壮厳寺に移り住み、預かっていた泰衡の次男秀安に娘璋子《たまこ》を嫁がせた。璋子は二人の男児をもうけ、奥州藤原氏の血筋は続いた。

返された泰衡の首を俊衡は手厚く扱い、念仏を唱え、仏の加護のもと極楽浄土へ旅立つことを祈った。

陣ヶ丘に、毛越寺の僧侶源忠《げんちゅう》と中尊寺経蔵別当心蓮《しんれん》大法師がやってきて、泰衡の供養と寺領安堵の申し入れをした。

頼朝は下文を彼らに与え、泰衡の供養と寺領安堵を約束した。泰衡の首級は源忠らと共に平泉へ無言の帰還をし、父祖三代の眠る金色堂へ葬られた。

由利惟平

頼朝は泰衡の首を平泉へ送ると、国衡に従って阿賀津志山で鎌倉方に捕えられた猛将由利八郎惟平《これひら》の尋問を行なった。由利を捕えたと名乗り出たものが二人いて、それが誰かという問いだった。

由利は、尋問を行なった梶原景時の相手を見下した態度に、

「お前は頼朝殿の御家来衆か。例えようもないあきれた言い方をする。泰衡殿は、藤原秀郷将軍嫡流の正統で、先祖三代鎮守府将軍の号を汲む家柄である。お前の主人でさえ、こんな無礼な言葉は使わない。ましてお前とは対等な立場だ。運つきて囚われの身となることと勇士の常だ。それなのに頼朝殿の郎党というだけでその態度は何だ。返答の限りではない」と言って、何を聞いても答えなかった。

頼朝は二位で兵衛佐である。しかし、鎮守府将軍の位を賜った奥州藤原氏も同格、いや格が上だと由利は言ったのだ。

景時は激怒した。力づくでも言わせてみせると拷問をしかけたが、頼朝が止めた。

「お主の口の聞き方が悪いのだ」と言って、畠山重忠に尋問させた。畠山は知勇兼備した清廉な人柄だった。

畠山はこう切り出した。

「弓馬に携わる者が囚われの身になることは、通例だから恥ずべきことではない。あなたは勇士の誉れ高いので、二人の者が勲功を立てようと争っているのだ。彼らにとっては浮沈にかかわることだ」

由利は畠山の礼法の正しさに服して、宇佐美実政が自分を捕縛した人物だと答えた。

由利にしてみれば、平泉も鎌倉も対等であると主張したのである。京ではあずまえびすと蔑まれる東国武士もまた、奥羽を差別する。畠山のように礼法をわきまえた武士は少ない。

頼朝は、由利惟平の堂々たる態度と主張に感心し、惟平に、所領である由利郡の統治を許した。

厨川と平泉

九月九日、頼朝軍は、未だ志和の陣ヶ丘に逗留していた。様々な戦後処理があった。

この日、向丘にある高水寺の僧侶禅修房ら十六人が連れだってやってきた。高水寺は、称徳天皇の勅願で創建され、坂上田村麻呂が再興した寺である。安倍氏との戦いである前九年合戦の時には、源頼義・義家親子が堂塔・護摩堂などを建立し、十六ある坊を修造した頼朝に縁のある寺である。

「御野宿の間、御家人らが家来と共に当寺に乱入し、頼義公建立の金堂の壁板十三枚をはぎとるほか、仏具を略奪しました。仏のおぼしめしも図り知れず、急いで糾明していただきたく参上しました」

頼朝は驚いて、梶原景時に捜査を命じた。景時はただちに捜査し、真相を頼朝に言上した。

「宇佐美実政殿の御家来衆の仕業ということです」

「我が河内源氏の祖先が再興した寺を壊すとは何事だ」と頼朝は怒り、兵たちを僧侶の前に引き立て手首を切った。

九月十二日、厨川に到着した。頼朝はどうしてもこの地を見たかった。五代前の頼義が安倍一族を滅ぼした地である。そして、自分の奥州制覇の終着の地であった。

深い峡谷に挟まれた厨川柵跡には、冬を思わせる冷たい秋風が茫々と吹き抜けるばかり。

頼朝の胸に、達成感と共に、一抹の空しさが吹き抜けた。おのれは何のためにここまで来たのか。道々、遠くから投げかけられる人々の矢のような視線を感じないわけにはいかない。河内源氏祖先からの宿願は達成できたが、やはり陸奥の風は冷たかった。

鎌倉の柳営で西行と交わした会話が蘇る。

「私は出家した時に、家伝の兵法を燃やしてしまいました。人殺しの罪を作るもとなので、心に残さないよう、すべて忘れました」

戦をすることは、人殺しの罪を作ることだ。だが、おのれは鎌倉幕府を造るために、その安定のために、この道を進むしかなかった。

頼朝の頭上を、雲が激しい勢いで流れていった。我が身はあの雲のようなものだ。もう止まることはできない。


頼朝は、比爪氏の所領だった岩手郡を、戦功を立てた工藤小次郎行光に与えることに決め、九月二十日、厨川から平泉に帰着した。

物事が改まった後、吉日を選んで文書を奏聞する吉書初めを行ない、御家人たちに論功行賞を与えた。

重臣葛西清重は、胆沢《いさわ》郡、磐井《いわい》郡、牡鹿《おが》郡の三郡と平泉郡の検断権（警察権）を任され、奥州総奉行として陸奥国御家人の統治を任された。陸奥国の御家人領主は、清重を通して事の仔細を伝えるよう指示した。

泰衡が北へ逃走する時に放った火で、政庁・居館が燃え、「麗金昆玉の貯え」も共に灰となったが、蔵だけは火災を免れた。その中には、金銀・瑠璃を主とした舶来品が山と積まれていた。

頼朝主従は驚嘆しながら、それらの財宝を一つ一つ丁寧に数えて接収した。

財宝の数々に目が眩むのを押さえきれなかったが、さすがに気が咎め、「倹は存し奢は失う。誠に以て慎むべし」と自戒の言葉を言いあい、戦利品として納めた。

そして中尊寺、毛越寺、無量光院などをまわり、平泉の仏教文化に魅せられていた。改めて奥州藤原氏の仏教信仰の深さと、金を張り巡らした寺々に、財力の大きさを思った。

中尊寺大長寿院（二階大堂）の壮大さにも心を奪われた。高さ五丈の大堂に、三丈もある金色の阿弥陀仏が安置され、脇には丈六の阿弥陀像が九体。

平泉の歴史は短いが、若い文化の中に、既に成熟したものを頼朝は感じていた。これから歴史を造っていく鎌倉幕府の参考にもなる。

中尊寺・毛越寺を関東御祈禱所とし、鎌倉幕府の直接の支配下に置いた。

また、二階大堂に劣らない壮大な堂宇を鎌倉に創建すると、頼朝は心密かに決めていた。それは、「平泉への懺悔と鎮魂」であり、義経、泰衡をはじめ、戦で死んだ多くの人々の魂を弔うためでもあった。

平泉滞在最後の日、高祖父義家と義家の父頼義が滅ぼした奥六郡主安倍頼時の衣川館跡を巡った。郭《くるわ》跡は残っていたが、館の礎石は見つからず、数十町に渡って生い茂る秋草と古い苔が、安倍氏滅亡から百二十年余の歳月を物語っていた。

厨川で感じた空しさが再び頼朝の胸に蘇る。人はなんと業深きものか。見上げれば、深い青色に澄みわたる陸奥の空。

平泉に七日間滞在した後、二十八日に出発し、十月一日に多賀府に着いた。国衙には、諸事、奥州藤原氏の先例にならって沙汰すべしと張文して、二十四日、鎌倉に戻った。三カ月余の征伐だった。

文治五（一一八九）年十二月、頼朝は永福寺の建立に着手した。拡大な園池を中心にした浄土庭園。その西岸には二階大堂を中心にして、南に阿弥陀堂、北に薬師堂を従えた伽藍。平泉の無量光院を模したものである。

頼朝軍が去った後の陸奥は、かつてない飢餓に見舞われた。秋の稲の実りはよくなかった。その上、旧主を失った人心は動揺し、次第に叛乱の形となっていった。

大河兼任の乱

西行が、河内国弘川寺で病の床に臥せっていた文治五年十二月、陸奥では、泰衡の遺臣大河兼任を中心に、鎌倉を討つべく奥州藤原氏の残党が結集していた。

大河兼任は、前九年合戦で河内源氏源頼義に滅ぼされた安倍頼時の五男黒沢尻五郎正任の六代目にあたる。

正任には六人の男子があった。前九年合戦の時、次男孝任は、閉夷山田の地に母阿波見と共に逃れ、そこに土着し、豊間根《とよまね》と姓を変え土地の豪族となった。三男家任は、叔父良昭の養子となったが、厨川の戦いで討死した。家任の息子が小松小太郎秀任で、秀任の曾孫が大河兼任である。

津軽には古来より大川と呼ばれる川があった。津軽白神山地《しらかみさんち》雁森山《がんもりやま》を源とし、岩木山の麓を北東に流れ、途中で西に向きを変え、河口近くで湖を造って、十三《とさ》で海に注いでいた。

この川の名前に因んで、兼任は大河と名乗った。次男の名前の於畿内《おきない》次郎、また、兼任の弟二藤次《にとうじ》忠季《ただすえ》も、このあたりの地名に因んだ名前からつけられた。兼任の親族はみな、ここで生まれ育った。兼任の津軽に対する思いは深い。

弟の二藤次忠季は、兼任の意に反し鎌倉幕府の御家人となってしまったが、二藤次という名前の由来である山辺郡二想志郷を治めていた。頭は切れるし目端も利く。頼朝に見込まれたのかもしれない。

兼任は、藤原秀衡の弟秀栄《ひでひさ》と共に津軽を治め、家子・郎党を津軽一円に配置していた。その中でも十三湊は天然の良港で、夷狄島の人々や北宋との交易の場所として重要な場所だ。朝廷に献上するアザラシの皮、鷲羽、それに昆布、干物などの海産物も陸揚げされる。北宋からは、陶磁器、漆、薬、絹織物、文物などが、ここに入ってきた。

奥州合戦の敗北で、津軽総地頭を、頼朝御家人宇佐美実政に奪われたのは、兼任にとっていかにも口惜しい。実政は、頼朝御寝所伺候衆《ごしんじょしこうしゅう》の一人で弓の名人。頼朝の信任が厚い。それだけ頼朝はこの地方を重視したのだ。

十三湊から陸揚げされる夷狄島の物品や、宋からの輸入品の権益を失った上、土地の検断権も握られた。

それに、前九年・後三年合戦での祖先安倍氏と河内源氏との因縁で、頼朝に対して強い怨念を持っていた。

兼任は、自ら伊予守源義経と称し、または左馬頭《さまのかみ》木曾義仲嫡男朝日冠者《あさひかじゃ》木曾義高と名乗って、挙兵した。いずれも頼朝によって、死に追いやられた人物である。

出羽国海辺庄で旗揚げした兼任に従うもの七千騎。嫡男鶴太郎、二男於畿内次郎も付き従った。

兼任は山北郡まで南下し、出羽国由利郡を統治する由利惟平に自軍に加わるよう呼びかけた。由利惟平は、藤原泰衡の郎党で由利地方の豪族だったが、奥州合戦の時、頼朝軍に捕えられた。その時、尋問する頼朝御家人梶原景時の見下した態度に激怒し、奥州藤原氏は、藤原秀郷の血筋を引く貴種であるとして、景時らと堂々と渡りあった。その態度を頼朝に見込まれて、改めて由利郡を賜っていた。

兼任にとっては藤原氏時代からの盟友であり、当然、同調して自軍に付くと思えた。向背を問う書状を送った。


古来、父母夫妻のために、仇を報ずるものありといえども、未だ故君のために、讐を復せんとするものあるを聞かず、兼任、請う其例を開きて、君臣の大義を申《の》べん。


主君の仇を討つのは、自分を嚆矢とすると、兼任は宣言した。

由利惟平から返書が来た。

兼任殿の心情は重々わかるが、私には頼朝殿に対する恩義がある。鎌倉軍に捕えられ、志和に逗留する鎌倉軍の陣所に連れていかれ、梶原景時に殺されかけた時、救ってくれたのが頼朝殿だった。その上、旧領を安堵された。矢を向けるわけにはいかない。

惟平は、兼任と戦うべく工藤行光ら少数の手勢を率いて由利郡を発した。

両軍、小鹿島（男鹿）の大杜山毛々左田《おおもりやまけけさだ》で相まみえ、激戦の末、惟平は敗れて討死した。旧主への思いと頼朝への信義との板挟みになった惟平は死を覚悟していたのだ。

鎌倉では、惟平は援軍を待つべきであったと議論されたが、惟平には援軍を待つ気持ちはなかった。

兼任は、由利惟平を討ち取った後、北上し、小鹿島を統治していた頼朝御家人橘公業《たちばなきみなり》を攻めた。公業は敗走して鎌倉に逃げ帰った。

兼任はこの後、かつての自分の領地であった十三湊へ軍を進めた。

ここで、鎌倉幕府津軽総奉行となっていた宇佐美実政を討ち取る。彼こそ兼任の領地津軽を奪った直接の敵だった。

旧領であった津軽郡野内村には兼任の築いた城郭があった。ここに、泰衡の三男泰高と泰衡ただ一人の女児麻が匿われていた。

兼任は、この城に主君藤原泰衡を迎えるつもりでいた。だが、河田次郎に裏切られた泰衡がここに現われることはついになかった。無念の最期を遂げた主君のことを思うと身が斬られるようにつらい。

この城近くに、村人たちが唐味桟道《とうまいのかけみち》と呼ぶ架け橋があった。海岸に接していて、潮の満ち干きで海水が入る湾の崖から崖に架けた橋である。

兼任は、橋近くに、弓矢、刀などを貯蔵していた岩屋を持っていた。前々から戦に備えて武器を集めていたのだ。

出羽小鹿島からここへ戻り、態勢を整えて平泉へ出発した。従う者七千騎。


年が明けて文治六年正月、頼朝の命令で陸奥に向かっていた二藤次忠季が鎌倉に戻り、陸奥出羽の状況を報告した。

また、正月十八日には、奥州総奉行葛西清重が遣わした使者が戻り、大河兼任との戦闘開始の鏑矢の打ちあいは既に終わって、戦闘が始まったことが報告された。

頼朝は、陸奥・出羽に領土を安堵した御家人たちと泰衡遺臣との間に戦が始まっていることに驚き、急遽軍隊を発進させた。

海岸沿いの常磐道の司令官は千葉常胤、東山道は比企能員率いる軍、そして陸奥に所領を持つ鎌倉近在の御家人には、それぞれ、急いで軍を発進するように命じた。東山道沿いの我賀郡岩崎の民は、鎌倉軍が到着する前に、鎌倉方に付きたいと申し出、頼朝を喜ばせた。ここは、鎌倉御家人が領主として入らず、土地は従来の領主にそのまま安堵されていた。鎌倉軍とは、これ以上戦をして欲しくないというのが、領民の切実な願いだった。

頼朝は、上野国や信濃国に所領を持つ鎌倉御家人たちにも、謀反する大河兼任を征伐するよう出陣命令を出すと共に、雑色を派遣し次のように伝達した。

「陸奥各地の鎌倉御家人の軍と、鎌倉から派遣された軍とが一カ所に集まり、軍議を重ね、作戦を立ててから戦いに臨むよう、功を立てようと、各々勝手に戦をしないようきつく申し渡す」

この頃、大河兼任の軍は、蜂が群がるように膨れあがり、現地管理人である留守所も、兼任に味方するものが多かった。これらの人々の中には、由利惟平のように、頼朝に許されて、従来の門田を与えられていた在地の領主やその郎党が多かった。頼朝は、これらの者をすべて追放するよう、奥州在住の御家人に通達した。

二月に入り、鎌倉軍は多賀城に集結した。兼任も一万騎を引き連れて津軽より南下、磐井郡の平泉に至りさらに南下、栗原郡に向かいつつあった。

これに対し、鎌倉軍には、足利前上総司義兼、小山長沼五郎宗政、結城七郎朝光、葛西三郎清重、関次郎政平、小野寺太郎道綱をはじめ多くの精鋭が集まり、そこに千葉新介胤正らが駆けつけた。

栗原郡一迫《いちはざま》で、戦闘が開始された。

坂東武士の奮戦に、寄せ集めの兼任軍は散々に打ち負かされ、散り散りとなった。

兼任は、旗下の部隊五百騎で足利義兼軍と戦ったが敗走。迫川から東へ抜け、日高見川に至ったが、その間に軍は四散し、兼任は嫡子鶴太郎、二男於畿内次郎と従者数騎で、日高見川から北を目指した。


一迫は因縁の場所であった。兼任の祖先安倍貞任が、淵牛城《えんぎゅうじょう》を築いた所が一迫だった。前九年合戦の鬼切部の戦いでは、ここを基地にした貞任が勝利したが、康平五（一〇六二）年の安倍軍と源頼義・清原軍との戦いでは敗走し、淵牛城に逃げ込んだが、ここも攻められ貞任は衣川に退却した。それから百二十八年、奥州藤原氏が滅亡してからは、源氏の郎党が鎌倉から遣わされて住んでいた。

時代は激変したが、迫川の流れは変わらない。急流は轟轟と流れ、山を渡る風は、武者たちの雄叫びのように音を立てて吹いていた。


一迫から三十七、八里。閉夷郡山田村豊間根には、同じく安倍正任を祖先とする土地の豪族豊間根家がある。そこまでは頼朝の御家人の支配は及んでいない。兼任は日高見川沿いをしばらく北上し、千厩《せんまや》から東へ、気仙沼に至った。気仙沼から海岸沿いに馬を走らせた。綾里《りょうり》、吉浜、唐丹《とうに》を過ぎた。岩や岬に遮られながらも青い空を映した青碧の海が拡がる。故郷津軽の海を思い出していた。ふと、散り散りになった味方の兵たちのことが頭を過った。津軽十三湊から自分に従ってきたものもいる。彼らはどうしているだろうか。捕われていないだろうか。斬殺されていないだろうか。戦の指揮を執ったものとしての責任が自分にはある。

ともかく、子供たちを豊間根まで送り届けたら、一迫へ戻ろうと兼任は心に決めていた。七日後、一迫に戻った時は、日はとっぷりと暮れて漆黒の闇が拡がっていた。敵は見当たらない。ともかく身を隠す所を探さねば。

栗駒山山麓にある栗原寺の僧坊に逃げ込んだ。栗原寺は、天台宗奥州総本山の格式を持ち、用明天皇二（五八七）年に創建されたと伝えられる陸奥で最も古い寺である。四十近くの僧坊と七堂伽藍、金堂が立ち並んで、奥州藤原氏の庇護のもと、千人の僧が修行に励んでいた。

義経が奥州入りをした際に逗留し、身支度を整えた寺である。義経は、栗原寺の衆徒、僧兵五十名を伴って平泉入りをした。

栗原寺に潜んで、日々、如来坐像に祈りを捧げていた兼任は、ある日、僧兵も付けずに一人で寺を抜け出し、栗駒山に登った。念のため、甲冑をつけ刀を携えた。鎌倉軍の影はない。しばらく歩くと、栗駒山で木の伐採をする杣人数人と出会った。敵兵でないことに安心して、やり過ごした。

杣人たちは、兼任の後ろ姿を見やりながら、ひそひそと話をしている。一迫で行われた激しい戦いから、半月も経っていない。兼任の立派な装束や刀を怪しみ、

「身分のある人に違いないな。もしや兼任軍の大将か？」

「確かなことはわからないが、鎌倉軍はもう退いたと聞いている」と言い合った。

兼任軍の残党の探索が行われていることは、耳にしていたが、彼らは金の甲冑と金箔の鞘におさめられた刀が欲しかっただけだ。兼任を取り囲み斧を振りかざして襲った。

血まみれの遺体から刀と甲冑をはぎ取って遁走した。無残な屍の上に木漏れ日が射し、死者を弔うように桜の花びらが散り敷いた。

こうして、挙兵から三カ月後の文治六（一一九〇）年三月十日、大河兼任はあえない最期を遂げた。

栗原寺の僧呂たちは、兼任の死後、鎌倉軍の狼藉を恐れて仏像や仏具を土に埋めた。栗原寺は鎌倉方によって廃寺とされた。

頼朝は、陸奥国の留守職（国府の長官）が兼任に味方したことに懲りて、御家人伊沢家景を陸奥国留守職に任命した。また、奥州藤原氏時代の郎党が統治している領地の領主を一掃し、改めて、鎌倉御家人を領主として派遣した。

和我郡もその一つだった。和我郡には、苅田郡を与えられていた鎌倉御家人小野姓苅田平右衛門義季とその嫡男苅田三郎左衛門尉吉行が苅田郡から移り、和我三郎左衛門吉行と姓を変え、郡半分の地頭となった。また、吉行の弟義春は残る半分の領地を与えられ、兄弟で和我郡を統治した。兄吉行は黒岩の岩崎を本拠とし、弟義春は更木の梅ケ沢に拠り、のち二子飛波勢城に移り、姓を小田嶋五郎左衛門尉義春と名乗った。吉行と吉春の父義季は、鎌倉幕府侍所別当和田義盛の猶子（養子）となっていた。

大河兼任の乱を征して、頼朝の奥羽支配は磐石のものとなった。ただ一つ、頼朝にとっての気がかりは、泰衡の遺児たちの所在がつかめないことだ。比爪館に匿われていた二男秀安と津軽に逃れた三男泰高、それに一女麻の所在は、鎌倉方の必死の捜索にもかかわらず、ついにわからなかった。

第十一章　西行入滅

奥州藤原氏滅亡と西行

文治三（一一八七）年十一月、嵯峨野の草庵で歌稿整理をしていた西行は、ふと、手を止めた。蹄の音を聞いたからだ。

秀衡の死の知らせだった。急便の使者は西行と視線を合わせず、深々と頭を下げて去っていった。その後ろ姿を見送りながら、嵯峨野の山々を見上げた。樹々はすっかり葉を落とし、清らかな青い空が拡がっている。

一瞬天地の音が消え、西行の耳に、戦の轟轟たる音が聞こえてきた。鬨の声、軍馬の嘶き、蹄の音、空を飛ぶ矢のうなり、刀を切り結ぶ甲高い響き。


秀衡殿と交わした様々な会話を思い出す。

「義経殿を庇って、平泉を危うくしてはいけない」

と言った時、秀衡殿は、

「私は、どのようなことがあっても戦はしない」

と決然とした口調で答えた。そしてこうも付け加えた。

「戦をしないことが、奥州藤原氏が生き延びる唯一つの道です」と。

その秀衡殿が亡くなった。

若い泰衡殿では、交渉で頼朝殿と渡りあうことは難しいだろう。頼朝殿が義経追討の宣旨を、度々後白河法皇に願い出ていることを西行は知っていた。泰衡殿は何処まで持ちこたえられるだろうか。

平泉が遠からず戦塵にまみれるのは目に見えている。

秀衡に対する懐かしさと共に、胸がしめつけられるような寂しさに襲われていた。

さびしさにたへたる人のまたもあれな

庵ならべん冬の山里
（自分と同じように寂しさに耐え忍んでいる人がいたならば、庵を並べて一緒に暮らしたいものだ。この山里で）

若い頃詠んだ歌が思い出された。従兄憲康の死、待賢門院とのただ一度の逢瀬と別れ。あの時も寂しかった。身の置き所のないような苦しさと寂しさ。人との別れを諦めきれなかった。だが、今の寂しさは違う。諦念を伴った寂しさだ。

鬱々とした西行のもとに、もう一つの知らせがあった。藤原俊成の勅撰集『千載集』に、西行の歌十八首が採用されたという知らせだった。陸奥に旅立つ前に、伊勢から送った夥しい数の歌の中から選ばれた歌だった。『千載集』には、円位法師の名で西行の歌が載った。

秀衡の死に急かされるように、西行は生まれ故郷紀ノ川に近い河内国葛城山にある弘川寺に草庵を構え、嵯峨野から移った。やはり故郷は懐かしい。

ここで死を迎えたい。西行は七十歳を迎え、体力の衰えをしみじみと感じていた。

その予感どおり、弘川寺で病に伏す日々が続く。余命が短いことを悟った西行は、自分の歌を伊勢神宮に奉納することを願った。

内宮奉納の『御裳濯河歌合《みもすそがわ》』と外宮に奉納する『宮河歌合《みやかわ》』をはじめ「諸社十二巻歌合」を完成させた。

『御裳濯河歌合』は、文治三年、既に藤原俊成の加判（署名）を得ていた。しかし、『宮河歌合』の判者に指名された藤原定家からの連絡はなかなか来なかった。西行は焦っていた。物事に恬淡として、すべて鷹揚に受けとめる西行の、死を予感しての焦りであったか。歌への執着は、無私をいう仏道に反して、最後まで西行を苦しめた。

病臥する西行のもとへ、藤原定家の加判と評がやっと届いた。それには、自分は若輩の身であるから、気おくれがして時間がかかってしまったという言い訳が書かれていた。

定家は二十八歳。西行とは四十四歳の歳の差がある。定家の評は、病床の西行を喜ばせた。

「人々に読んでもらい、また自ら何度も読みました」という返しの書状を定家に送った。

『宮河歌合』の体裁は『御裳濯川歌合』と同じである。三十六の自歌が対になっていて、計七十二首。歌合は、宮中で歌人たちが左右に分れ、即興的に歌を詠み合って優劣を競うというものだが、西行は、自歌を左右に分け、左側を玉津島海人、右側を三輪山老翁が詠んだと擬制して優劣を定家につけてもらった。

九番目の歌では左を定家は評価した。即ち玉津島海人の歌を定家は優れていると勝ちとした。

左勝

世の中を思へはなべて散る花の
　　　　我身をさてもいづちかもせん

（世の中を思えばすべて散りゆく花のように儚い。そのような我が身をさてどこにと考えればよいのだろう）

右

花さへに世をうき草に成《なり》にけり
　　　　散る花を惜しめばさそふ山水

（浮世を厭い出家した私だけでなく、花までもこの世を厭うのか。私が花の散るのを惜しむと、山水が花を誘って連れていってしまう）

定家は、左の歌を次のように評した。

「左歌、世の中を思えばすべて、という初めの句から終りの句まで、すべての句に思いが深くこもっており、作者の深く思い悩める心が顕れている」

奥州藤原氏の滅亡聞いたのはそれからすぐのことだった。

深い寂寥と共に来るべきものが来たという諦めが心を覆う。宿命。奥州藤原氏の宿命の糸は、泰衡の高祖父経清が、頼朝の高祖父義家とその父頼義に厨川柵で処刑された時から繋がっていたのだ。河内源氏との宿縁である。

西行は、秀衡の祖父清衡が建立した中尊寺金色堂、父基衡の毛越寺、秀衡が極楽浄土を願って造った無量光院。それらの寺院や堂塔群を巡った時のことを思い出していた。

仏像や堂塔の黄金の輝きや装飾の優美は、目を見張るものがあったが、西行が感じたものはそれだけではなかった。奥州藤原氏の強い意志。仏教と文化への意志だけではなく、奥州の支配者としての藤原氏を世に知らしめる強い意志を感じたのである。古くから侵略され続けた陸奥である。だが、陸奥は我々の祖先伝来の土地である。そこへ争いのない仏国土を造ったのだ。また、その華麗さ優美さが、一抹の憂いを含んでいることを、西行の鋭敏な心は見逃さなかった。平泉の仏像や堂宇は、自分の土地を侵され続けた陸奥の人々の心を写したのかもしれない。

秀衡殿は、現世の法灯を必死で守ろうとしていた。仏国土陸奥を守り得るものは、話し合いを含めた政の力であることを、秀衡殿は充分に知っていた。

そして、秀衡殿を訪ねる途中に歩いた宮城野原の風景が目に浮かんでは消えた。

あはれいかに草葉の露のこぼるらん
　　　　秋風たちぬ宮木野の原
（ああ、今頃どれほどの草の葉に置いた露が採りこぼれていることだろう。今、秋風が吹いた遥かかなたの宮城野の原よ）

「宮木野の原」は、泰衡が陣を敷いた「国分原」のことだ。どれほどの生命が「宮木野の原」に露と消えたことだろう。悲哀が西行の心を占める。泰衡殿の貴公子然としたおっとりした面影が脳裏に浮かんだ。

平泉館に秀衡殿を訪ねた時、泰衡殿も同席していた。武者にしては少し頼りない風情だったが、秀衡殿の言葉の一つ一つに深く頷いていた。その時の二人の様子から、何があっても奥州藤原氏自らは戦をしないと信じた。

泰衡殿は、頼朝殿の侵攻にやむなく立ったのだ。苦渋の決断だっただろう。郎党に裏切られ討ち取られた泰衡殿の首は、晒し首の後直ちに平泉に帰されたという。頼朝殿のせめてもの慈悲だった。頼朝殿は、ただの非情な武将ではない。道理もわかり、人の心も知る。ただ、自分の思いに執拗なまでにこだわる。そして、思いを成し遂げた後、後悔の心を抱く。現世の理《ことわり》、いや自分の理が時には虚しいことを知り、仏の慈悲を仰ぐ。西行は、頼朝の性《さが》をも哀しく思う。

弘川寺で病の身を養っている西行のもとへ、天台座主の慈円が訪ねてきた。九条兼実の弟慈円は、兼実と共に頼朝と親交を持っていた。兼実は、頼朝の推挙で摂政となり、書状や歌のやり取りはしているが、まだ、直接頼朝とは会っていない。

奥州を征伐した頼朝が近々上洛するというので、慈円は頼朝の人柄について問うた。

「現世の理の中では素晴らしいお人です」

西行は短く答えた。慈円はそれですべてを知った。

西行は慈円を竹垣まで送った。供の僧兵が数人控えていて、深々と頭を下げた。去っていくその後ろ姿を見送りながら思っていた。慈円殿も兄の兼実殿も、頼朝殿の後ろ盾で、最高位の座についた。慈円殿は天台座主に。兼実殿は摂政に。それはそれでよい。西行は二人の生き方を否定はしなかった。人の生は人の生。世の無常は世の無常。

西行入滅

文治六（一一九〇）年正月、西行は自分の死期の近いことを悟っていた。もう少し生きたい。桜の季節までどうしても生きたい。

吉野の桜、陸奥束稲山の桜、出羽医王寺の桜。桜ほど自分の心を捉えた花はない。特に吉野の桜は年ごとの春に訪れ、歌に詠んだ。

吉野山金峯山寺で、修験道の修行に励んだ若き日。目も眩むような崖伝いの細い道を、桜を尋ねて歩いたことがあった。

吉野山ほきぢ伝ひに尋ね入て
　花見し春はひと昔かも

この時が吉野の桜に魅せられた初めだったかもしれない。そして、金峯山寺奥の院近くに、しばらくの間庵を結んだ。

とくとくと落ちる岩間の苔清水

くみほすほどもなきすまひかな

（我が庵は、庵とも思えないほどのあばらや。石清水の水も生きるためにほんの少し汲めばよい）

ほとけには桜の花をたてまつれ
わが後の世を人とぶらはば

（私が往生してその後生を人が供養してくださるのならば、仏となった私に桜の花を奉っていただきたい）

桜への愛着は、一筋の糸のように西行の生涯を貫いていた。それと共に、現世を生きる人々への慈しみもまた、生涯変わらなかった。西行の心に、縁ある人々との出会いと別れが浮かんでは消えた。

妻初音と娘綾との別れ。思えば無慈悲なことをしたものだ。その後一度も会うことはなかったが、二人とも出家し、高野山の麓の村天野に庵を建て、仏道に励んでいると聞いている。約束したとおり、浄土で会えるだろう。

崇徳院様、待賢門院様、平清盛殿、平家の公達たち、源頼朝殿、藤原秀衡殿――。

何故、人は力と富を得たいのか。何故、人は争い殺しあうのか。何故、人は愛しあい憎みあうのか。答えはない。己はそこから身を引いたが、現世に身を置く人々の生を愛おしく思う。しかし、我が身を憂世に置くのは苦しかった。待賢門院様が、「義清は何故に物事をそんなに難しく考えるのか」と問うたこと思い出していた。これも自分の質《たち》でなおすことはできない。そして出家遁世し、仏の道を進み、歌を詠んだ。

現世を愛おしみ現世ならざるものへの憧れ。

歌を詠むことは、権威や武力、いや仏法思想をも超え、人間が造りだしたこの世の理《ことわり》すべてを超えた場所に、自分の魂を置くことだった。

夢かうつつの眠りの中に、自然の森羅万象が浮かんでは消えた。海のきらめき、雲の流れ、月の影、花の色、空飛ぶ鳥、森を吹き渡る風、草を濡らす雨の音――。

またも西行の耳は、生きとしいけるものの言葉を聞いていた。

山の言葉、海の言葉、雲の言葉、雨の言葉、森の言葉、川の言葉、花の言葉、草の言葉、獣の言葉、鳥の言葉、魚の言葉、虫の言葉――。そして人々の言葉。

神仏が創造したすべてのものと対話しながら、西行は浄土へと旅立った。

願はくは花の下にて春死なん
そのきさらぎの望月の頃
（願うことなら桜の花の下で春に死にたい。釈迦が入滅した二月十五日の満月の頃に）

建久元（一一九〇）年二月十六日、西行は入寂した。桜は満開の時を迎えていた。

頼朝上洛

第二次奥州合戦を制し、後顧の憂いがなくなった頼朝は、その七カ月後の建久元年十月三日、鎌倉を出発し京に赴いた。治承四年の旗揚げ以来十年が経っていた。十一月七日、坂東武士一千余を連れて、堂々の都入りを果たした。先陣は畠山重忠。随兵が三騎ずつ組を造り、六十組の隊列が続く。後陣は千葉常胤の四十組。戦陣と後陣の真ん中に黒毛の名馬に乗った頼朝が都大路を行く。折烏帽子の下の顔立ちは面長の整った顔の美男子。紺青の水干袴に白のむかばきを履いた長身の堂々たる体軀。この時、頼朝四十三歳。東国の王者の都入りをひと目見ようと、京の人々は沿道に詰めかけた。いや、後白河法皇をはじめ、朝廷の貴族たちでさえもみな、賀茂の河原に車を立て、初めて目にする「あずまえびす」

の頭目の一挙一動を、畏怖と好奇のまなざしで見守っていた。

前日からの雨はいつの間にか止み、初冬の日差しが坂東武士の隊列に降り注いだ。強い北風が、王朝の行く末を暗示するかのように、賀茂の河原を吹き渡った。

頼朝は、かつては平家の屋敷であった六波羅の新造第に入った。


頼朝は京に一カ月滞在し、後白河法皇と二人きりで語りあった。十年の間対立し続けた二人は、日本国の治政についてそれぞれの考えを述べあった。法皇は、頼朝に日本国総追補使、総地頭の地位を改めて認め、彼が望んだ征夷大将軍の地位は認めなかった。代わりに右近衛大将と権大納言の職に任命した。後白河法皇の意地である。右近衛大将は、武官としては最高の地位ではあるが、頼朝はこれを辞し、自分は単なる王朝の侍《さぶらい》大将ではないことを示した。ついでに権大納言も辞した。これは頼朝の意地である。

この後頼朝は、彼の推薦で摂政になった九条兼実と対面した。

兼実四十一歳。歳の近い二人は本音で話しあった。後白河法皇の独裁が話題となった。

「今は法皇が思うままの政治を行ない、天皇とても皇太子と変わりないありさまです。目下のところ致し方がないが、さいわいあなたはお若くて先が長い。私にも運があれば、法皇御万歳（法皇の死）の後にはいつか天下の政《まつりごと》を正しくする日が来るでしょう」頼朝は言った。

すなわち、今は後白河法皇が政務を牛耳っているが、後白河法皇が亡くなれば、頼朝は兼実を支持して、朝廷の改革を進めるつもりであると言ったのである。

頼朝の言葉は兼実の心を動かしたようで、

「頼朝殿のお言葉は、しかと心に留めましょう」と答えた。

意外に早くその時が来た。

頼朝と兼実の密談の一年後の暮れに、後白河法皇は腹痛を訴え床についた。その後、快方に向かうことなく、翌建久三年三月、後白河六条西洞院殿で六十六年の生涯を閉じた。

自らの意志ではなかったが、政争に巻き込まれ、崇徳上皇の皇子をおしのけて天皇の地位に就いた後白河。

今様にうつつをぬかし、天皇の器ではないとされ、二十九歳まで部屋住みをかこっていたが、思いがけなく皇位が転がり込んできた。それから、保元・平治の乱から平氏の全盛時代、さらに治承・寿永の戦乱期。大動乱の時代を朝廷の頂点に立ち、切り抜けてきた後白河は、決して暗愚ではなかった。奇略縦横《きりゃくじゅうおう》、融通無碍《ゆうずうむげ》に策略を巡らした怪物だった。また、男女を問わず美しい人を愛し、愛の遍歴を繰り返した人間くさい天子でもあった。

頼朝はご白河法皇の死で、征夷大将軍の称号を得た。昵懇の九条兼実の尽力があったからである。しかし、建久五年十月、これを返上した。頼朝には別の意図があった。征夷大将軍の称号は、もうどうでもよかった。

大姫の後鳥羽天皇への入内を実現するために、兼実との関係を反故にしてまで、法皇の旧側近で、兼実と対立する村上源氏嫡流の源通親《みなもとのみちちか》と後白河法皇の寵姫であった丹後局に接近していった。いや、丹後局と源通親が、兼実を追い落とす策略を巡らし、大姫入内を望む頼朝を利用したのである。

秀衡室成子と伊沢家景

建久六（一一九五）年三月、頼朝は再び上洛する。治承四年、平重衡らの南都襲撃で焼け落ちた、東大寺大仏殿落慶供養に出席するためである。奥州藤原氏も東大寺に多大な貢金を行なっていたが、滅亡して五年の歳月が経っていた。

その年の秋、頼朝は、陸奥国留守職伊沢左近将監《さこんのしょうげん》家景と奥州総奉行葛西兵衛尉清重から、藤原成子の消息を聞いた。

藤原秀衡の室であり、泰衡の母、国衡の室でもあった成子はまだ健在で、平泉の近くに粗末な庵を結び、一族の菩提を弔いながらひっそりと暮らしているという。

頼朝は「敵対する者、敵として滅んで行った人々、その縁者にも、情けの心を持って下さい」という西行の言葉を思い出していた。

頼朝は、

「秀衡入道の後家には、充分な配慮をしてやってくれ」と葛西と伊沢に命じた。

伊沢家景は、もとは正二位権大納言藤原光頼の家司。武人であったが、頼朝の命で上洛していた北条時政に文筆の能力を認められ、吏僚として鎌倉幕府に仕えた。

家景は、数人の供を連れて国府多賀城を出発し、江刺郡黒石村にある成子の庵を訪れた。

平泉から少し北にある黒石寺の近く、山裾の木立に隠れるようにひっそりと建っていた。

質素ながら、庭も部屋もきちんと整えられ、仏間には大日如来が祀られている。

「このような所へ、ようお出でなさいました」

法衣を纏った成子は家景に深々と頭を下げた。

「いやいや、成子殿も息災でなにより。今日は、鎌倉殿の使いとして参りました」

家景は、成子の顔に視線を当てた。色白の面長な顔。少し憂いを含んだ切れ長の瞳。法衣がよく似合って年を感じさせない。

「今は出家して妙成と申します。それで、頼朝殿のご用とは?」

妙成は、家景を見つめながら言った。

「平泉の寺塔の修理のことと、成子殿、いや妙成殿がどのように暮らしておられるか伺うように申し付けられました」

妙成の強い目の光に押されるように、家景は少し口ごもりながら言った。

「平泉の寺々の修理のこと、嬉しく思います。歳をとりましたが、私は元気で念仏三昧の日々を送っております」

家景は、仏像を見やった。

「大日如来ですか」

「夫秀衡の念持仏です」

「木彫りの如来様ですな。女人の肌のように透き通って、ふっくらとした美しいお顔立の如来様ですな」

「一字金輪仏頂尊《いちじきんりんぶっちょう》と呼んでおります。これだけは手元に置いておきたいと、伽羅御所が焼ける前に持ち出して無事でした」

「そうですか。中尊寺も毛越寺、無量光院も無事でなによりでした。ですが、またどうしてこのような山里に？　お寂しくありませんか」

「平泉も近いですし、黒石寺も近くにあります。黒石寺には、舅基衡様が寄進した日光・

月光菩薩像があります。折々に寺々へお参りに行きます。少しも寂しくはありません」

家景は、如来像に手を合わせた後、ややあって切り出した。

「実は、頼朝殿が、これを妙成殿にさしあげてくれと」

家景は、小ぶりの袱紗を差し出した。

「これは?」

「金子です」

「何故に、私に」

「いえ、妙成殿は一族を失くされ、ご実家の父上藤原基成殿も許されて京に帰られました。お一人で何かとご不自由であろうかと心配されています」

妙成の顔色がさっと変わった。

「受け取るわけにはいきません。どうぞお納めください」

「いや、私が困ります。主君頼朝にしかられます」

「私は、敵将の哀れみを受けるほど落ちぶれてはいません。確かに、私は天涯孤独の身になりました。ですが、近隣の民たちとの交わりもあります。みな、秀衡様や泰衡を慕っていました。彼らは折々に、米や野菜や様々な物を届けてくれます。秀衡様の念持仏をお参りにも来てくれます。民の好意は受けますが、源氏の情けなど受けたくありません」

妙成は激しい口調で言った。

妙成は思っていた。「山林と交わるとも生き延びる」といった子泰衡の意志を継いで、山里で一人静かに暮らすことに決め、この庵を結んだ。はじめは心細かったが、山里の自然の巡りの素晴らしさと農民たちの優しさに、どれほど心が癒されていったことか。

もう、武家の男の理《ことわり》の中で生きたくない。

妙成には、政争や戦に明け暮れる男の気持ちが理解できない。味方につけるために娘を見も知らぬ武将に嫁がせたり、助かりたいがために女人を敵将に差し出したりする男の心が、どうしてもわからない。女は男の道具ではない。

浮世から身を引いて仏に祈りを捧げ、極楽浄土へ旅立ちたいと思っている妙成にとって、頼朝の使いの陸奥国留守職伊沢家景は、魔界からの使者に思えた。

それから、家景が何を言っても妙成は黙して答えなかった。

家景は鎌倉へ行き、事の次第を頼朝に報告した。

頼朝は、しばし黙した後、

「さすが、秀衡殿の後家だな」とぽつんと言った。

建久八（一一九七）年七月十四日、大姫が亡くなった。二十歳。若き死であった。これで、頼朝が求めてやまなかった後鳥羽天皇への大姫入内はなくなった。

夫木曾義高を父に誅殺され、自ら望んだわけでもない入内問題のために、父と共に上洛をさせられた大姫の、病や死をもっての父頼朝への抗議であった。

兼実の失脚によって頼朝は朝廷内での代弁者を失った。その上、後鳥羽天皇が退位し、土御門天皇が即位した。それに伴って土御門天皇の母を娘に持つ源通親の権勢は並びのないものになり、「外祖父の称号を得て、天下を独歩するの体なり」と囁かれた。

通親は、上皇の院司の地位も得て、「源氏の関白」と称され、朝廷内を一手に掌握したのである。

朝廷は頼朝の思惑とは全く違う方へ向かっていった。改革どころではなかった。

正治元（一一九九）年正月十三日、頼朝はこの世を去った。享年五十三。前年の暮れ、相模川の橋供養に臨んだ帰途落馬し、それがもとで亡くなった。

頼朝は死の直前、「すべてのことは思いのほかになってしまった」と兼実に書き送っていた。

一方、伊沢家景は多賀国府において、国衙在庁の長官として国衙機構を統括し、地下管轄権を認められ、名実共に陸奥行政の長となった。

家景は、秀衡未亡人妙成の言葉「農民たちとは交わるが武家とは交わらない」という言葉に心を動かされて、陸奥の農民と接し、その声を聞き、その苦しみを知り、農作の振興に乗り出した。出自である近畿、京や奈良、出羽から、籾や稲の苗、作物の種を取り寄せ、農民たちに配り、陸奥に根を下ろしていった。

終章　歌とは何か

西行が入滅して一年目の春が巡ってきた。

満月の輝く夜、西行が晩年を過ごした弘川寺の草庵は、杉木立を透した月の光に照らされている。弘川寺の僧たちによって、大切に守られてきた住まいは、西行が生きていた時と同じように、簡素で清々しい。

西行が庵を結んだ弘川寺は、天智天皇四（六六五）年に役行者によって創建されたと伝えられ、その後、空海が中興したとされる由緒ある寺である。

西行は、ここで経典を誦し、書を読み、葛城山の山辺の道を歩いた。

その死から一年の歳月が経っても、その姿は弘川寺の僧たちの記憶から消えることはなかった。また、西行の死後も、ここを訪れる人は後を絶たなかった。

西行が亡くなった翌年、藤原良経と藤原定家が交わした歌がある。

去年の今日花の下にて露消えし
　人の名残の果てぞ悲しき
　　　　　　　　　　良経

花の下の雫に消えし春はきて
　あはれ昔にふりまさる人
　　　　　　　　　　定家

藤原良経は九条兼実の二男。この時、二十歳過ぎの青年だった。藤原定家は、西行とも親交のあった藤原俊成の子、三十歳。若き二人の歌人も、西行の歌や面影を偲んだ。
西行は入滅する前に、自分の願いを歌にしていた。

来ん世には心のうちにあらはさん

あかでやみぬる月の光を

（来世では心の内に表そう、現世ではどんなに見ても満足いかないまま絶えてしまった月の光を）

来世においては心が満月のように円満清浄に輝いていることを感じて、自身の仏法を自覚したいという願いであった。

この歌のように、西行は、来世で仏の悟りと同じ境地を得たのだろうか。

哀《あはれ》哀《あはれ》この世はよしやさもあらばあれ

来ん世もかくや苦しかるべき

来世でも、この世の苦しみと同じ苦しみがあるのだろうか、と詠んだ西行である。現世では、歌はいつまでも西行の心を苦しめた。その苦しみを来世まで持っていったのだろうか。

歌は、単に花鳥風月や恋や別れを美しく詠み、その技を競うものでない。桜や月は西行の愛した対象だったが、ただ美しいだけのものではなかった。自然は彼に様々な問いを投げかけた。

花見ればそのいはれとはなけれども
　心の内ぞ苦しかりける
（桜は美しい。だが、桜を観ると自分の心は苦しくなる。何故苦しいのかわからないのだが）

桜はまがまがしいまでに美しい。眺めていると心が苦しくなる。何故、私はこのように美しいのか、何故あなたの心を奪うのか。桜が西行に問いかけてくる。答えはなかなか見出せない。ふと、待賢門院のことを思い出した。美しい人だった。そのままで、自然のままで、そこにいるだけで。学問や歌は好まれなかったが、そんなものは女院に必要なかった。あの方は、自然が生んだ最高の作品。もしや、桜の精かもしれない。

都にて月をあはれと思ひしは
　数よりほかのすさび成けり
（華やかな都で月をしみじみとした寂しさで見たのは、ものの数ではない気なぐさみだった）

陸奥への旅に出た折、白河の関に近い廃屋に泊まった。その時に観た月、いや目に映った光景を忘れることはできなかった。凄みを帯びて冴えわたる月の光に照らされた無人の山野は、寂寞、荒涼などという言葉では言い表せないほど厳しく凄切で、そして美しかった。この風景を歌に詠めるか、言葉に顕せられるか。そう自然が挑戦してきた。自然とは、かくも厳しく人間の前に立ちはだかる。西行は廃屋の前で立ち尽くしていた。

歌とは何か。西行の生涯の命題だった。

歌を通じて、言葉を通じて、生きる苦しみ、いわば「存在の苦しみ」や「自然の問いかけ」と対峙し、仏に祈り、真言に近づいていく。それが西行の願いだった。

伊勢神宮に奉納する自家歌合わせ『御裳濯河歌合』『宮河歌合』を完成した西行は、真言を得られただろうか。伊勢神宮には、本地垂迹で大日如来が祀られていた。

歌を通じて我《われ》と向きあい、心を昇華させていくことで、自身の菩提心も清浄になり、仏の悟りと同一になると信じながら来世へ旅立った西行。

「御仏の法も永遠ならば、歌の言葉もとこしえである。今私は、それを信じることができる」

西行が現世に残した言葉である。

主な参考文献

相澤史郎『奥州・秀衡古道を歩く』二〇〇二年、光文社（光文社新書）
朝日新聞社『日本歴史人物事典』一九九四年
石井進『鎌倉幕府』（日本の歴史7）一九六五年、中央公論社
入間田宣夫『藤原清衡――平泉に浄土を創った男の世界戦略』二〇一四年、集英社
大隅和雄『愚管抄を読む――中世日本の歴史観』一九九九年、講談社（講談社学術文庫）
北上市博物館『和賀一族の興亡（前編）―一族の隆盛と相剋―平安・鎌倉・南北朝時代』（北上川流域の自然と文化シリーズ⒃）一九九五年
久保田淳・吉野朋美校注『西行全歌集』二〇一三年、岩波書店（岩波文庫）
熊田葦城『日本史蹟大系　第5巻』一九三五年、平凡社
桑原博史『西行物語（全訳注）』一九八一年、講談社（講談社学術文庫）
五味文彦『源義経』二〇〇四年、岩波書店（岩波新書）
五味文彦・本郷和人編『現代語訳吾妻鏡4　奥州合戦』二〇〇八年、吉川弘文館
小林秀雄『モオツァルト・無常という事』一九六一年、新潮社（新潮文庫）
司東真雄『和賀氏四百年史』一九八三年、岩手出版
関幸彦『東北の争乱と奥州合戦――「日本国」の成立』（戦争の日本史5）二〇〇六年、吉川弘文館
高橋崇『奥州藤原氏――平泉の栄華百年』二〇〇二年、中央公論社（中公新書）
高橋富雄著・日本歴史学会編『奥州藤原氏四代』一九八七年、吉川弘文館

高橋富雄『平泉の世紀――古代と中世の間』二〇一二年、講談社（講談社学術文庫）
竹内理三『武士の登場』（日本の歴史6）一九六五年、中央公論社
武光誠『奥州藤原三代の栄華と没落――黄金の都・平泉の歴史を巡る旅』二〇一一年、河出書房新社（KAWADE夢新書）
辻邦生『西行花伝』一九九五年、新潮社
土田直鎮『王朝の貴族』（日本の歴史5）一九六五年、中央公論社
一戸隆次郎『岩手県郷土史』一八九七年、吉川半七
樋口健太郎『九条兼実――貴族がみた『平家物語』と内乱の時代』二〇一八年、戎光祥出版（戎光祥選書ソレイユ）
樋口知志『前九年・後三年合戦と奥州藤原氏』二〇一一年、高志書院
本郷和人『日本の中世史の核心――頼朝、尊氏、そして信長へ』二〇一九年、朝日新聞出版（朝日文庫）

佐藤義清（西行）系図

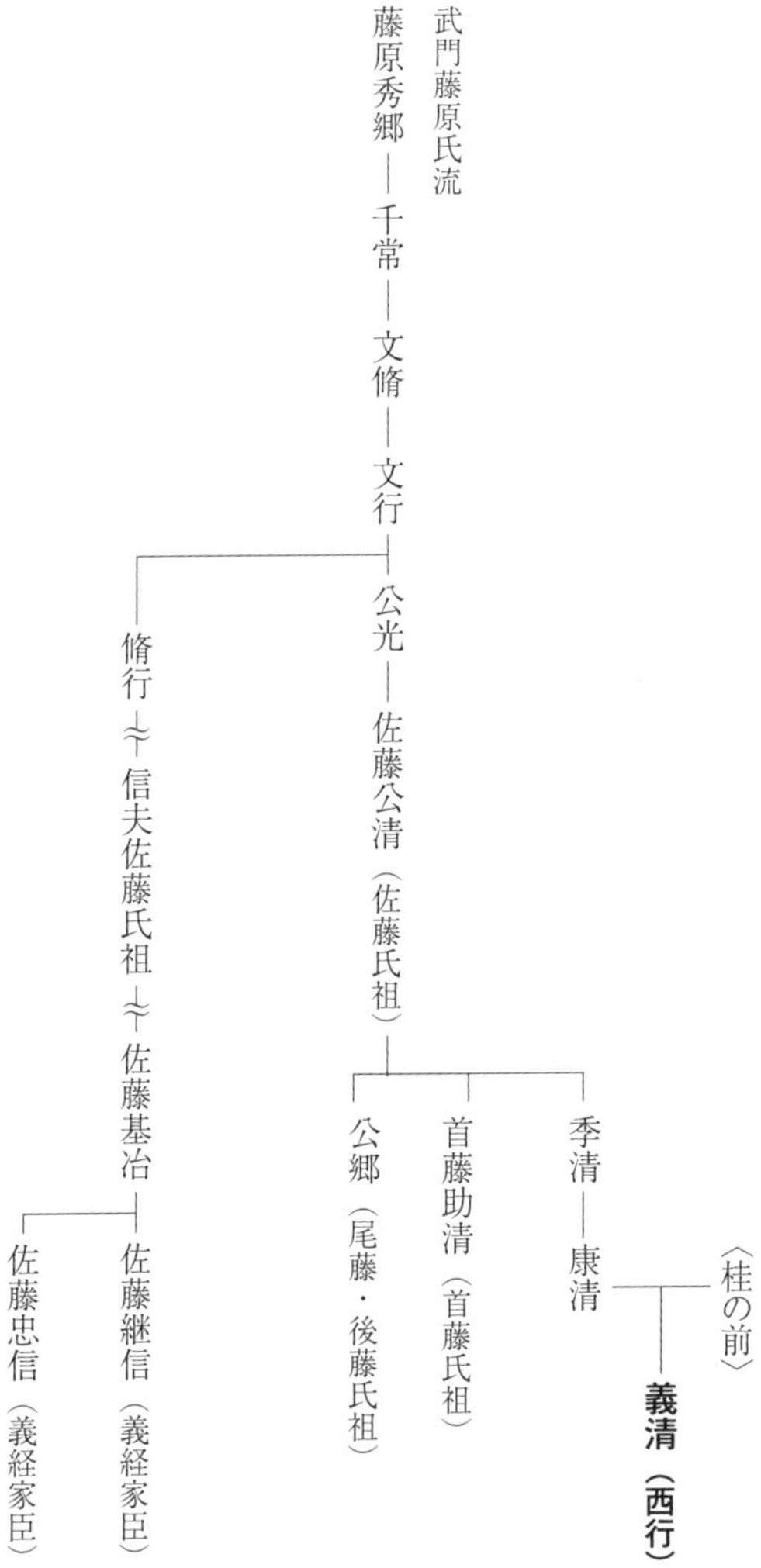
武門藤原氏流
藤原秀郷
千常
文脩
文行
脩行
信夫佐藤氏祖
佐藤基治
佐藤忠信（義経家臣）
佐藤継信（義経家臣）
公光
佐藤公清（佐藤氏祖）
公郷（尾藤・後藤氏祖）
首藤助清（首藤氏祖）
季清
康清
〈桂の前〉
義清（西行）

奥州藤原氏系図

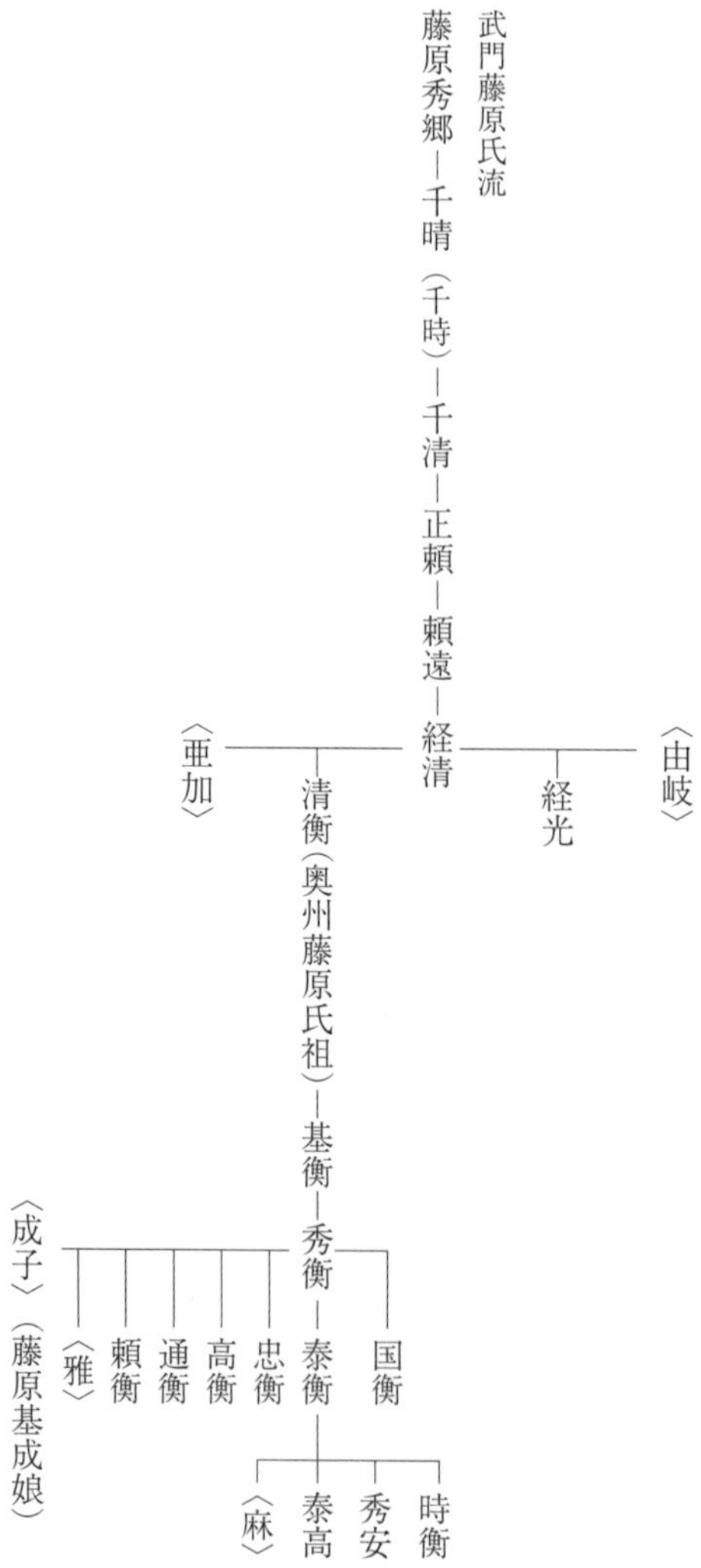

武門藤原氏流
藤原秀郷
千晴（千時）
千清
正頼
頼遠
経清
〈由岐〉
経光
清衡（奥州藤原氏祖）
〈亜加〉
基衡
秀衡
国衡
泰衡
忠衡
高衡
通衡
頼衡
〈雅〉
〈成子〉（藤原基成娘）
時衡
秀安
泰高
〈麻〉

鳥羽天皇周辺系図

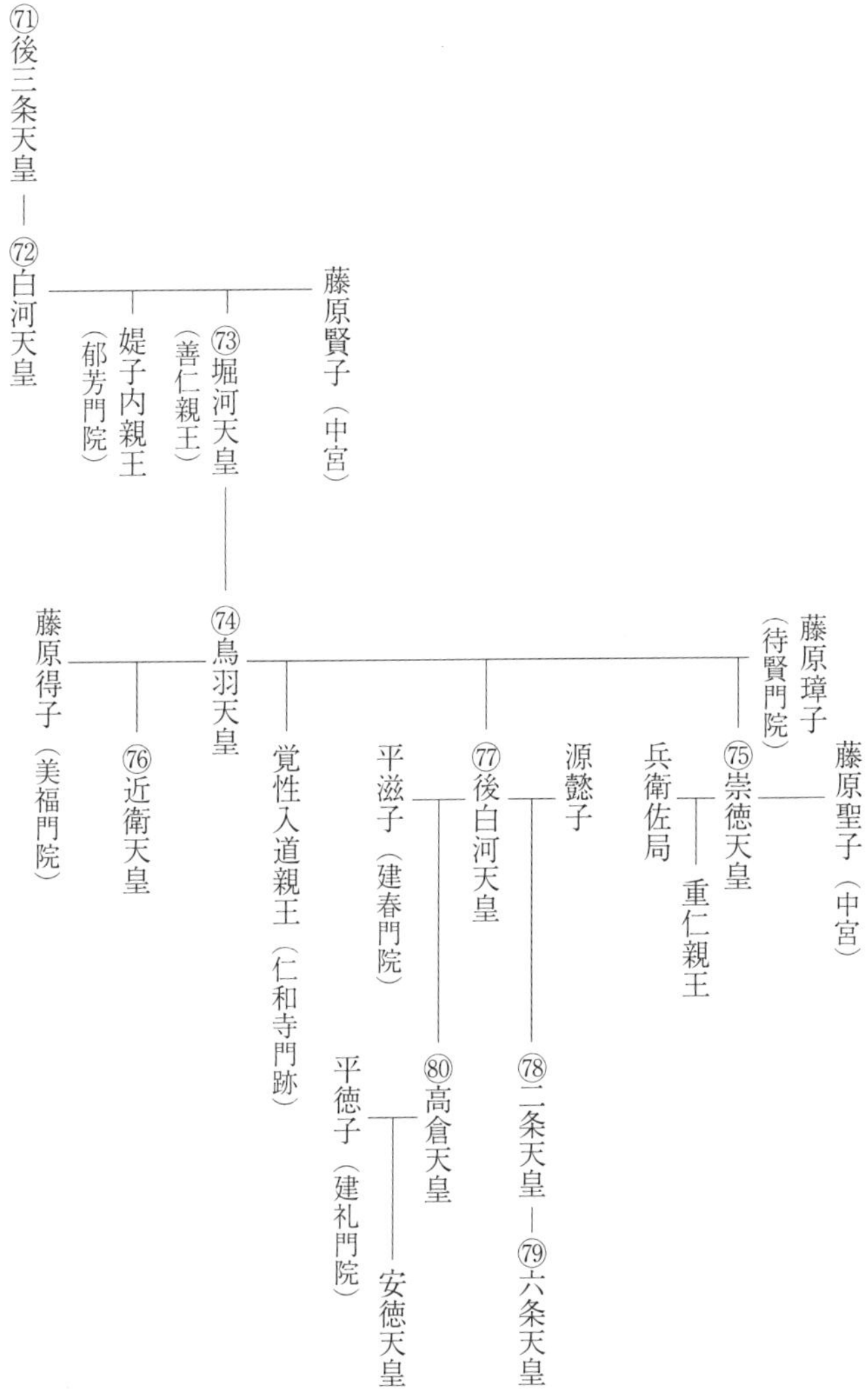

㉛後三条天皇
㉜白河天皇
藤原賢子（中宮）
㉝堀河天皇
（善仁親王）
媞子内親王
（郁芳門院）
㉞鳥羽天皇
藤原璋子
（待賢門院）
藤原得子
（美福門院）
㊱近衛天皇
覚性入道親王
（仁和寺門跡）
㊲後白河天皇
平滋子
（建春門院）
源懿子
兵衛佐局
㉟崇徳天皇
藤原聖子（中宮）
重仁親王
㊵高倉天皇
平徳子
（建礼門院）
安徳天皇
㊳二条天皇
㊴六条天皇

平清盛　周辺図

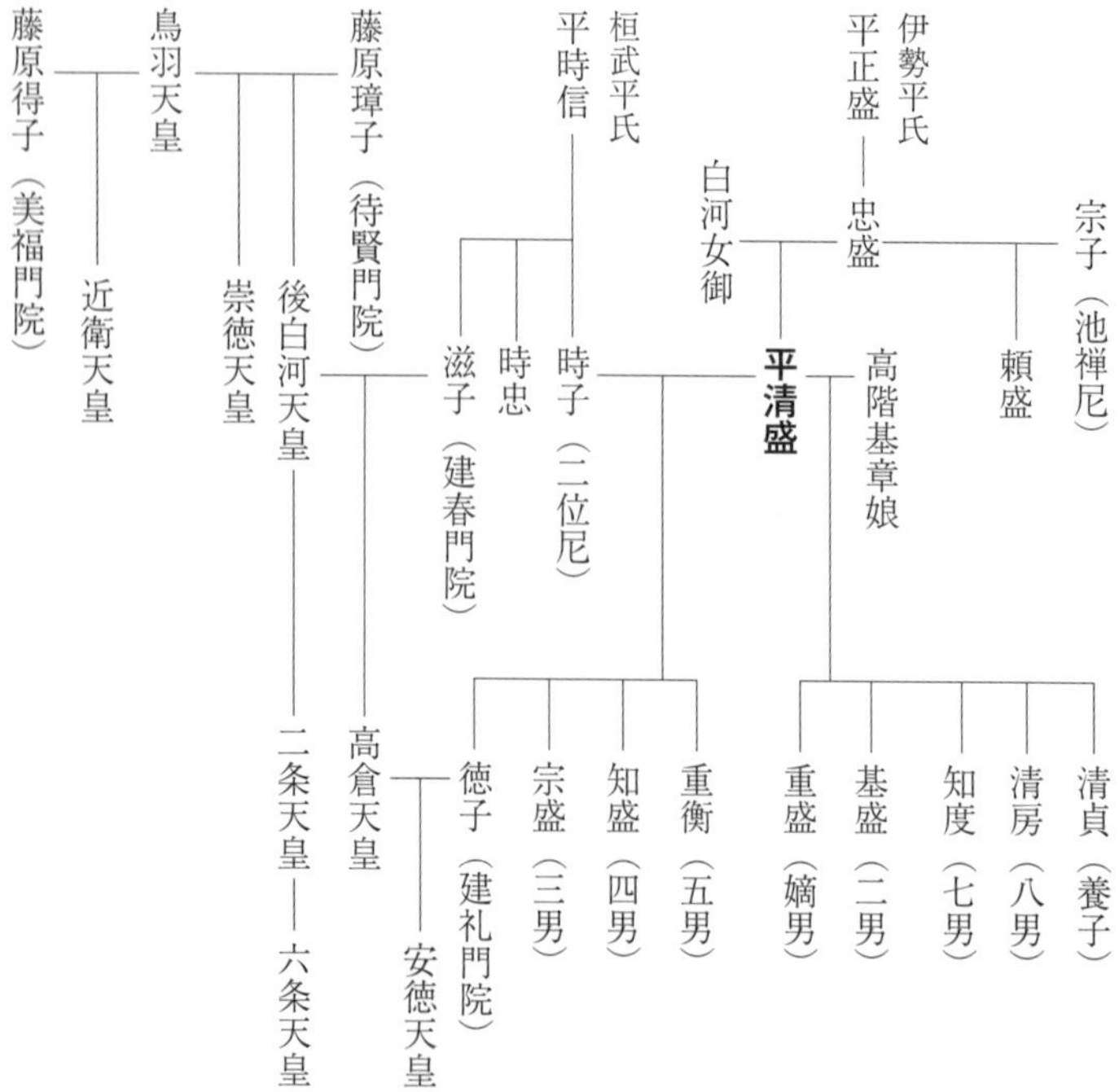
伊勢平氏
平正盛
忠盛
宗子（池禅尼）
頼盛
白河女御
平清盛
高階基章娘
清貞（養子）
清房（八男）
知度（七男）
基盛（二男）
重盛（嫡男）
桓武平氏
平時信
時子（二位尼）
時忠
滋子（建春門院）
重衡（五男）
知盛（四男）
宗盛（三男）
徳子（建礼門院）
安徳天皇
藤原璋子（待賢門院）
後白河天皇
高倉天皇
二条天皇
六条天皇
鳥羽天皇
崇徳天皇
近衛天皇
藤原得子（美福門院）

藤原摂関家系図（平安末期）

※数字は摂政関白に就いた順番。

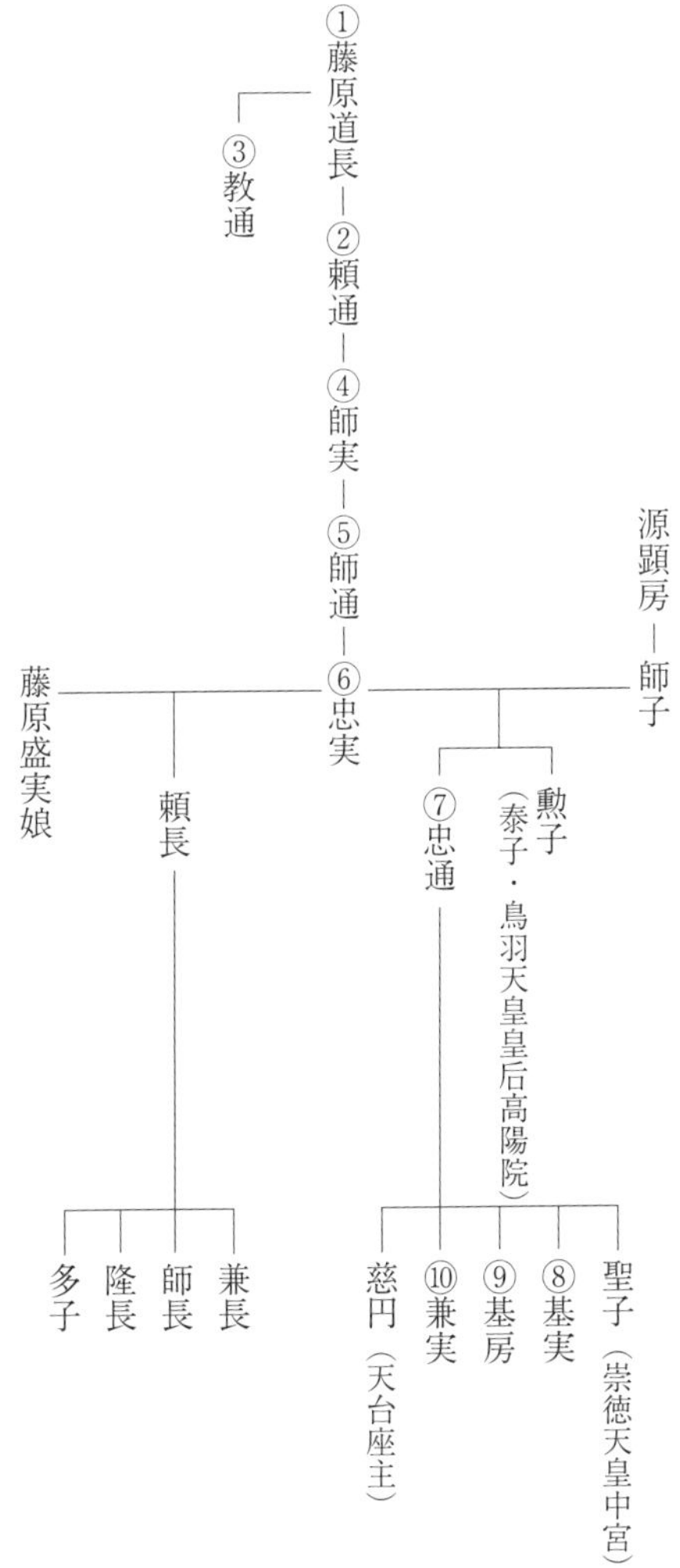

河内源氏略系図

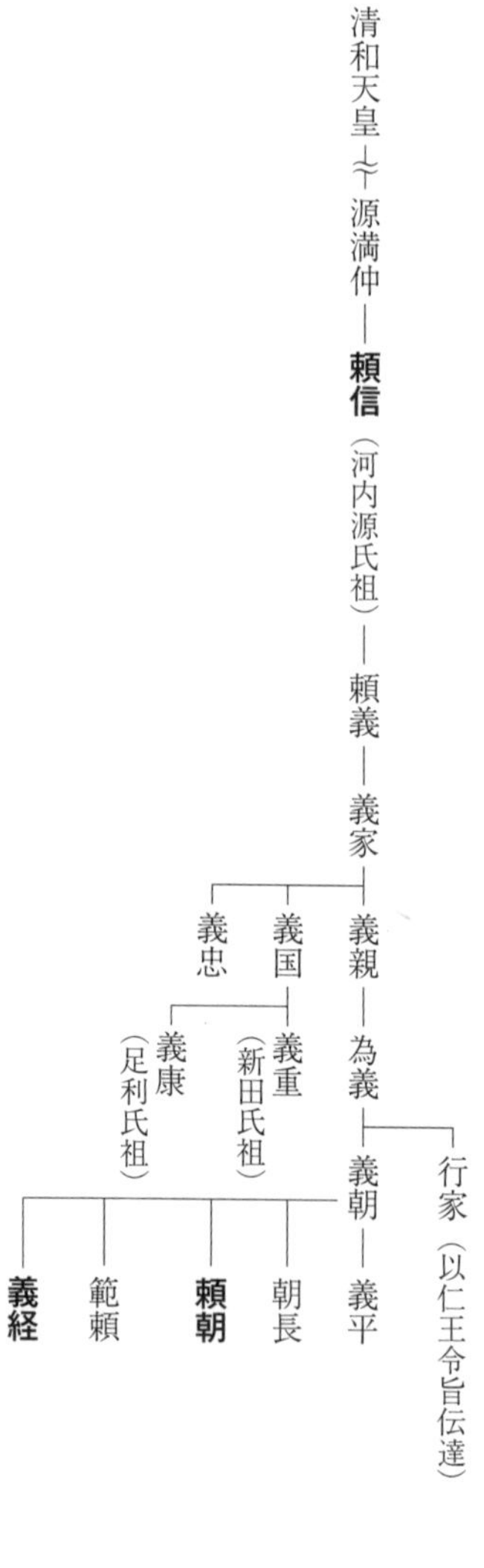
清和天皇
源満仲
頼信（河内源氏祖）
頼義
義家
義親
義国
義忠
為義
義重（新田氏祖）
義康（足利氏祖）
義朝
行家（以仁王令旨伝達）
義平
朝長
頼朝
範頼
義経

朝廷の役所［役職］（抄）

【摂政・関白】

天皇に代わり政務を見る職。幼少、病弱、事故などにより天皇の政務に支障がある場合に置かれた。六十一代の朱雀天皇の在位中、幼少であれば摂政が付き、成人であれば関白が置かれる事が慣例となる。貞観八（八六六）年、皇族でない藤原良房が、初めて摂政となり、藤原北家による摂関政治が始まった

【公卿】

大納言、中納言、参議。三位以上の官人を指した

【殿上人】

五位以上の人及び六位の蔵人（くろうど）で殿上にのぼることを許された人。また、九世紀以降の日本の朝廷に於いて、天皇の日常生活の場である清涼殿の殿上の間に上ることを許された者の中から公卿を除いた四位以下の者を指す

【別当】

親王家、摂関家、大臣家、社寺、蔵人所、検非違使庁などの責任者、長官

【蔵人所】

もともとは、天皇家の家政機関として、書物や御物の管理、機密文書の取り扱いや訴訟を扱った。やがて、訴訟には関係しなくなるが、他の組織の職掌を握り、詔勅、上奏の伝達、警護、事務、雑務など、

殿上におけるあらゆる事を取り仕切る機関となった。平安時代中期以降、「所」と呼ばれる天皇家の家政機関いっさいを取り扱った。［蔵人］は天皇に近侍して、天皇の秘書的役割を果たした

［中務省］

太政官の下で、国務を分掌する八省の一つ。天皇に侍従し、詔勅の文書の審査、上奏の受納、国史の監修、女官の人事、僧尼の名籍、諸国の戸籍、租調帳などを司る

［大外記］

中務省所属の「内記」が作成する詔書の勘正、奉文の勘造などのほか、宮廷および太政官内の恒例・臨時の儀式・諸行事に従事するのを職掌とした

［検非違使］

京都の民政と治安維持を所管する

官位相当表（抄）

＊時代により若干変動あり

位	太政官	蔵人所	省	近衛府 衛門府 兵衛府
正一位	太政大臣			
従一位				
正二位	左大臣	蔵人別当		
従二位	右大臣 内大臣			
正三位	大納言			
従三位	中納言			近衛大将
正四位上			中務卿	
下	参議 (宰相)		卿	
従四位上	大弁			
下		蔵人頭《くろうどのとう》		近衛中将 衛門督《えもんのかみ》 兵衛督《ひょうえのかみ》
正五位上	中弁		中務大輔	
下	少弁	五位蔵人	大輔	近衛少将
従五位上			中務少輔	衛門佐《えもんのすけ》 兵衛佐《ひょうえのすけ》
下	少納言		中務侍従 少輔	
正六位上	大外記《げき》 大史			
下			大丞	
従六位上			少丞	近衛将監《しょうげん》
下		六位蔵人		衛門大尉
正七位上	少外記 少史		大録	衛門少尉
下				兵衛大尉

あとがき

堀江 朋子

西行（佐藤義清）については、以前から歌に惹かれ、その生涯に興味を持っていた。しかし、多くの人々に研究され、また本に著されている人物について書くのには、かなりの逡巡があった。

そんな迷いのなかで、西行と奥州藤原氏とが、同じく藤原秀郷を祖先とする縁戚関係にあることを知り、奥州藤原氏とのかかわりを軸に、史実を踏まえながら、小説として西行を書いてみようと思ったのが、この本を著す動機だった。

岩手県北上市のしらゆり大使をおおせつかった関係で、十数年来、東北に足を運び、その自然風土や民俗芸能に魅せられ、人々との交流を通じてその歴史を知った。

陸奥での覇権を握り、歴史を刻んだ安倍氏、清原氏、奥州藤原氏については、本にも著しエッセイや短文でも書いてきた。いずれも、朝廷や河内源氏の侵攻を受け、滅んでいった氏族である。

一方、藤原秀郷の子孫として代々天皇家を守護することを役目とし、検非違使として朝廷に仕えた紀州佐藤家に生まれた西行。

北面の武士として同期の平清盛と共に活躍した佐藤義清（西行）が、何故武士を捨て出家したのか。また、妻帯していたのかいなかったのか。その妻や子についても様々な説があり、西行法師としての歌は多く残されているが、その実人生については謎が多い。

ただ、西行が生きた七十三年の間は、歴史的にみれば動乱の時代だった。摂関政治が凋落し、上皇、法皇による院政が始まる。興福寺に代表される南都の寺々と北稜延暦寺との対立。これらの寺々の朝廷に対する身勝手な強訴。仏に仕る大寺院の僧侶が豪奢な生活を送り、なまぐさを食らい、女を囲う。

まさに、末法の世だった。

やがて、保元の乱が勃発し、西行がその歌壇に加わり、目をかけてもらった崇徳上皇が敗北し、讃岐に流されて不運の生涯を閉じる。それから三年後、平治の乱によって、源氏は中央から駆逐され、平清盛による平氏政権が成立する。その儚い栄華と滅亡。源平合戦に勝利した源頼朝による鎌倉幕府開府。

頼朝は義経を匿った奥州藤原氏を、大義なく滅ぼす。奥州制圧は、源頼義、義家以来の河内源氏の宿意であった。

奥州藤原氏の滅亡と時同じくして、西行は入滅した。

時代の変転をつぶさに見聞きし、仏法を守る者として距離をおきながらも、時代を動かした人物との交流を持った西行。また、奥州や西国、四国への旅を通じて目にした庶民の生活にも、深い共感を抱いた。

そして、六十九歳の高齢で二度目の陸奥への旅をし、奥州藤原氏の滅亡を予感した西行。老いての陸奥への旅は、自分の生命の涯を思った旅でもあったろう。

文献を渉猟し、様々に描かれている西行の姿の中から、西行の生涯と生きた時代とを私なりに描いてみたが、対象が大きすぎて、中途半端になった感が拭えない。それと、外出自粛の状況下、西行が辿った旅の軌跡を追えなかったことが残念でならない。もう少し原稿を温めてから出版を、と思ったが、自分の生命の残り時間を考えると、今だからこそと、出版に踏み切った。

なお、本書はフィクションとして著したものである。故に、文献資料などに、ただ「女」としか記されていない女性に名前をつけた。著者が創作した名前は、系図には、〈 〉で括って記した。男性は、歴史資料に記された名前をそのまま使用した。

最後に、出版に際し、お世話になった方々にお礼を申しあげたい。いろいろな資料を送ってくださった北上市市役所の元職員で、現在北上市観光コンベンション協会理事の八重樫信治氏、北上市ふるさと会の黒柳宏子氏、図書新聞元社長の井出彰氏、論創社代表森下紀夫氏、論創社出版部長松永裕衣子氏、福島啓子氏、装丁の奥定泰之氏、その他様々な方にお世話になりました。ありがとうございました。

堀江朋子（ほりえ・ともこ）
1940年東京生まれ。日本文藝家協会会員、同人誌「文芸復興」代表、北上市しらゆり大使、北上市口内町ふるさと大使。1995年頃から執筆活動を始め、現在に至る。
著書に『風の詩人―父上野壮夫とその時代』（朝日書林）、『白き薔薇よ―若林つやの生涯』、『夢前川―小坂多喜子現つを生きて』、『三井財閥とその時代』（日経賞最終候補）、『日高見望景―遥かなるエミシの里の記憶』、『菅原道真と美作菅家―わが幻の祖先たち』、『柔道一如―柔道家高木喜代市とその周辺』、『新宿センチメンタル・ジャーニー―私の新宿物語』『奥州藤原氏 清衡の母』（以上、図書新聞）、「川のわかれ」『現代作家代表作選集 第7集』所収（鼎書房）がある。

西行の時代
――崇徳院・源義経・奥州藤原氏～滅びし者へ

2021年 1月10日 初版第1刷印刷
2021年 1月20日 初版第1刷発行

著者 堀江朋子
発行者 森下紀夫
発行所 論創社
東京都千代田区神田神保町 2-23 北井ビル
tel. 03（3264）5254 fax. 03（3264）5232
web. http://www.ronso.co.jp/
振替口座 00160-1-155266

装幀／奥定泰之
組版／フレックスアート
印刷・製本／中央精版印刷
ISBN978-4-8460-2011-8